·————·奇想文库·————·

我的弟弟是天才

[美]卡萝尔·芬纳 著

张超斌 译

二十一世纪出版社集团
21st Century Publishing Group

项目策划　奇想国童书
特约编辑　聂宗洋
版式设计　李困困

目录

01　搬家　　　　　　　　　1
02　大眼睛雪莉　　　　　　6
03　沥青坡　　　　　　　　18
04　天才　　　　　　　　　25
05　新朋友　　　　　　　　35
06　蛋糕　　　　　　　　　43
07　弟弟　　　　　　　　　52
08　坏掉的口琴　　　　　　67
09　新口琴　　　　　　　　79
10　泰妮姑妈　　　　　　　92
11　姑妈大显身手　　　　　108
12　米老鼠的小脚丫　　　　120

13	又见芝加哥	130
14	约兰达的重要任务	138
15	音乐节	146
16	万事俱备	155
17	带着弟弟走失	167
18	"这是约兰达"	178

作者的话　　　　　189

献给杰伊

01
搬家

很难说究竟是哪件可怕事情的发生，让妈妈最终下定决心带孩子们离开芝加哥——这座女儿约兰达和小儿子安德鲁从小居住的城市。在前后相隔不过十四个小时的时间里，竟然发生了两件可怕的事情。第二件其实没那么可怕，真的，约兰达心想。没人受伤，安德鲁也没出什么事。或许它只是恰好成了压垮妈妈的最后一根稻草吧。

倒是第一件事——学校里的打架事件，这才是真正可怕的事情。威利和蒂龙都受伤了。约兰达万不该把这些告诉妈妈，让妈妈觉得孩子们处于危险之中。可是约兰达管不住自个儿的嘴巴。把这件事讲给妈妈听之后，约兰达发现自己心里会平静一些。

"妈妈，他们看起来就像在闹着玩。"约兰达说。为什么没有及时制止蒂龙？我明明块头比他大啊，约兰达心想。她一直渴望给蒂龙一个拥抱，冲他热情而有神的眼睛微笑。然而事情发生时，她只是呆呆地站在那儿，以为这不过是男生之间普通的打闹。

当天晚上，约兰达把学校里发生的事告诉了妈妈。妈妈听完没说话，但每隔一会儿便走到窗边，朝街上张望。约兰达顺着妈妈的目光向窗外瞅了几次，想弄清她在看什么，但没看出个所以然。妈妈的目光仿佛穿透了白雪，在看着另一个世界。雪花飘落，楼下的街道看起来很美；路灯的光束轻柔地洒向四面八方，照得周围朦朦胧胧，一派祥和。然而，妈妈并非在欣赏这美妙的景致。

大块头的约兰达心里泛起一丝小小的担忧。果然，在第二天早上发生另一件可怕的事情之后，妈妈终于下定决心离开芝加哥。

"安德鲁，你口袋里都装了些什么？"吃早饭时，妈妈看到安德鲁的小手不停地在口袋里掏东西，忍不住问道。她的眉头因为严重的头痛而皱了起来。外面仍在下雪，街上传来的声音仿佛都被雪覆盖了：垃圾车的哐当声变得柔和，就连穿行而过的警车的警笛声听起来也不那么尖厉刺耳了。

安德鲁把口袋里的东西一一掏了出来。约兰达看到三枚硬币、半块口香糖、一把口琴、一条折痕都黑了的手帕、一枚回形针和一根红鞋带,跟这些混在一起的还有一张皱巴巴的白色小纸条。

看着小纸条,约兰达震惊得倒吸一口凉气,屏住了呼吸。她听说,有些大孩子在操场外面跟小孩子要零花钱,没有的话会要求写一张"欠条",数目由那些大孩子写。

安德鲁把小纸条推到妈妈面前,说:"同学给我的,我看不懂。"

"这是什么?"妈妈用纤细的手指捏起纸条。她因为头痛而皱起来的眉头现在愈发挤成了一团。

"不知道,"安德鲁说,"一个大孩子给我的。"

"天哪!"妈妈盯着纸条惊呼道,"他们没有再找你吧?这东西放在你身上多久了?"

安德鲁看着从口袋里掏出来的东西,思考了一会儿。"比口香糖久一点儿。"他回答道。

约兰达忍住了一声咕哝,心想估计他们找的小孩子太多了,没时间再来找安德鲁的麻烦,他只是暂时走运。

妈妈深吸一口气，再缓缓呼出来。

"哦，天哪。"她长叹一声，走到窗前，看向楼下的街道，双手紧紧捏着小纸条，仿佛担心会有东西从里面跳出来。"哦，天哪。"她摇摇头，眼睛仍盯着窗外那个唯有她才能看到的世界。

约兰达和安德鲁在餐桌前看着妈妈。姐弟俩各怀心事，等待妈妈像往常那样唉声叹气，然后说"一定得离开这儿"。可这次她没说一句话，只是透过积雪盯着她的那个世界。

担忧从约兰达心头萌生，变得越来越强烈，搅得她太阳穴直发胀。

当天夜里，约兰达看着妈妈一会儿搬出精致的皮箱，一会儿忙着修改简历，她便知道妈妈又要找新工作了——一份远离芝加哥的工作。

在妈妈看来，一个适宜居住的地方要有新鲜的空气、良好的治安、安静的环境，还得有树有草。她常说要栽花种草，再买一个烧烤架，即使架子不拴在墙上也不怕被人偷走。约兰达苦恼地想，妈妈的审美确实够贫乏的。

"我不想搬去没人会跳双绳的地方。"约兰达背对着妈妈说道。

妈妈头也不回地说："宁做小池里的大鱼，不做大海里的小鱼。"

"我已经是咱们这儿的大鱼啦。"约兰达说道。约兰达块头很大，简直称得上庞大。她个子高，又重又壮。她不擅长跳双绳，也不擅长结交朋友，但她常常站在一旁看别人跳，寄希望于跳绳的人可能需要她来摇绳。"我早就是大鱼啦。"她重复道。

妈妈哈哈大笑："你说得对，闺女。"

约兰达叹了口气，伤感地想，留给她享受芝加哥美好生活的时间不多了。居住的街道、上学的学校，以及那些不把她当朋友的同学，忽然都变得让人留恋起来。她热爱这里宏伟的公共图书馆和芝加哥艺术博物馆。妈妈多久才能在别处找到一家需要律师助理的律所呢？

02

大眼睛雪莉

这是一个新地方，一个陌生的地方，约兰达心想，同时隐隐约约地感觉到自己在做梦。梦中的这个地方缺了点儿什么。四周静悄悄的，有股夏日的公园所散发出的清新味道，就像从密歇根湖上吹来的凉风拂过格兰特公园[①]的喷泉。可现在这种寂静不属于格兰特公园，也不属于任何她熟悉的地方。约兰达感到有种悲伤的情绪渗入梦境，她意识到自己正要醒过来，也明白了身在何处。

她闭着双眼，想凭借意念把自己带回芝加哥，让耳边响起早晨芝加哥公寓窗外的街道上，那欢快的喧嚣——垃圾车的哐当

[①] 格兰特公园是美国芝加哥的一处著名景点，位于密歇根湖畔，公园内有喷泉和雕塑作品，每到夏季会在此举办音乐节。

声，工人的喧哗声，汽车的呼啸声，还有隔壁公寓一家人沉闷的走路声。但梦里的寂静挥之不去，静得她能听见窗外的鸟鸣。

那种悲伤的情绪也挥之不去，于是她躺在床上，等着悲伤消散。她紧闭双眼，肉乎乎的双手轻轻蜷在脸蛋旁边，听到轻盈的空气中传来两种令人放松的声音：一种是她大大的肚子发出的咕噜声，闹着要吃早餐；另一种是弟弟安德鲁用木笛吹奏出的悦耳笛声。他正在吹奏起床曲，一首由他独立创作的曲子。

悲伤的情绪开始消散，约兰达睁开双眼。以前，她习惯睡到听见安德鲁吹奏的音乐声响起才起床。住在芝加哥的时候，她一直把那欢快清朗的音乐当作闹铃。可自从几个月前搬家之后，最先唤醒她的变成了悲伤的情绪，还有这种寂静。

起床啦，穿衣服啦——安德鲁的木笛温柔婉转地唱道。约兰达坐起身。阳光透过窗外的树木，在她独自居住的房间地板上洒下晃动的影子。这影子也有不同之处：芝加哥的晨光是方块状的，一动不动，以前她认为那是理所当然的；可这儿的晨光是跳跃的，四处移动的，并且形状柔和，并非有棱有角。

妈妈说他们都会适应在密歇根州格兰德河畔的生活的，可新学校给人的感觉仍然那么不真实，不仅仅是因为崭新的五年级课本或者作业。有些作业比较容易，有些比较难，有些则像从前一样无聊。对于习惯了嗅出麻烦的约兰达来说，要想让她放松警惕，还得过上几个月。格兰德河畔没有麻烦——至少没有会威胁她生命安全或午饭钱的麻烦。什么麻烦都没有，什么事都没有。

约兰达把被子掀开，一边让它透气，一边穿衣服。穿好衣服后，她认真地叠好了被子。妈妈常说，她的床铺收拾得很仔细。

她听见妈妈正在后院浇灌新栽种的植物。妈妈在宽敞干净、绿意盎然的后院里种了很多花草。后院里有遮阴的树木和野餐桌，还有一台全新的无链式烧烤架。就算安德鲁前一晚把自行车留在外面忘记收回家，第二天一早自行车仍会在原地。在这个镇子里生活，不需要事事小心、随时保持万分警惕。真是无趣。

下楼去吃早餐前，约兰达溜进妈妈的房间。妈妈的卧室很宽敞，挂着漂亮的新窗帘，还有一幅风景画，画的是静谧的街道和抽芽吐绿的树木。妈妈卧室的卫生间里铺着桃红色瓷砖，大镜子周围还装饰着小圆灯。芝加哥的那间公寓租金比这儿高，而且全家人只能共用一个卫生间。

"自打搬来格兰德河畔，我的钱更耐用啦，"每次付房租，妈妈都会这么说，"这是住在这儿的又一个好处。"

约兰达每月八美元的零花钱在这儿也更耐用了。四个月前，她本想趁着搬家的混乱，以生活成本提高为借口，从妈妈手里多要点儿钱，然而妈妈只是扬起眉毛，一笑置之。"想糊弄破产的可怜老妈吗？你是个精明姑娘，约兰达，但老妈比你更精明。搬到这儿，该减少零花钱才对。"于是约兰达很快转移了话题。

桃红色卫生间的梳妆台上放着妈妈的各种护肤霜、化妆品，还有香皂和古龙水。约兰达小心翼翼地打开一个蓝色盒子，从里面沾了点儿护肤霜擦在脸上，均匀涂开。

还在芝加哥的时候，她就已经开始偷偷用妈妈的护肤品了。此时此刻，她伸手拿起妈妈的古龙水。这个牌子的香水每盎司[①]售价一百七十美元，所以妈妈只买了香料含量低且价格也更低一些的古龙水。约兰达往手帕上喷了一点儿，把手帕塞进书包里，打算等会儿拍在脖子上。如果妈妈闻见她身上的古龙水味，一定会暴跳如雷的。单单这一小瓶就花了四十美元呢。破产的可怜老妈——得了吧。

她顺着楼梯往下走，浓郁的培根香味扑鼻而来。太好了，约兰达心想。她喜欢培根，而且这浓浓的香味能把古龙水味遮得干干净净。

阳光被微微飘动的窗帘一挡，洒进餐厅后变得愈加柔和。安

[①] 重量单位，1盎司约等于 28.3495 克。

德鲁早已背对阳光坐在餐桌前，聚精会神地听着什么。约兰达觉得弟弟就像一个瘦瘦的小天使。妈妈在正装外面套着围裙，正在翻弄吱吱作响的培根，平底锅上还有快熟了的煎饼。

安德鲁拿起从不离身的口琴，吹出一阵古怪的吱啦声，他的脸蛋鼓得圆圆的，像个李子。

"你在吹什么呢？"约兰达坐到椅子上问道。

"培根呀。"安德鲁说。姐姐没能听出他用口琴模仿的正是煎培根的声音，这让他有点儿气恼。

"哦，对……对，我听出来了。"约兰达说。经弟弟一说，这声音确实像煎培根的吱啦声。这就像观赏某些画作，只有看了标题才能理解其中意味。

"我在听煎饼的声音。"安德鲁说。

"别玩啦，安德鲁，"妈妈往两人面前各放了一个盘子，"开吃吧。"

约兰达早就按捺不住了。卖相极佳的煎饼冒着热气，浓郁的杏仁味随之飘散出来。第一块还没开吃，她就知道自己一定得再来一块。

"不许吃第二块，约兰达。"妈妈看穿了她的心思，"看着安德鲁，让他把自己的吃完。我已经迟到了。"

妈妈匆忙出门，准备去开车，她头也不回地喊道："一定要让他自己吃完，约兰达，你不许替他吃。"

"知道啦！"约兰达没好气地答道，她知道这会儿妈妈急着上班，所以说话的语气直冲冲的。约兰达决定不告诉妈妈她还穿着围裙。反正安德鲁吃不完煎饼，而约兰达绝不会让它浪费。

姐弟俩在街角等校车。每天早上，约兰达坐校车时都得鼓足勇气。女生交头接耳，男生窃窃私语，他们故意用让人听得清的声音谈论她的大块头，对此她还没想好该怎么应对。

在芝加哥，学校里的同学、同一个社区的孩子都吃过教训，不敢给她取外号或欺负她，就连年龄稍大点儿的男孩们也躲得远远的。可那是在自由的街头，约兰达可以借助尖酸的话语、强有力的臂膀和大块头吓跑想欺负她的人。

在这里就要小心些了。谁要敢打架，校车司机就会告发他。这里的孩子都很听话，气氛显得压抑。这事约兰达仔细地研究过了。

到目前为止，她一直都隐忍不发。她在校车上看书，别人在背后挖苦说"嘿，大鲸鱼，小心压坏椅子"，她都充耳不闻。她用沉默筑成一道砖墙，继续看自己的书。她要么检查前一晚的作业，要么埋头看小说，但默默记住了得罪她的人。等着吧，她在心里自我安慰道，等着吧。

但这天早上，她沮丧地发现，自己满怀愧疚地匆忙吃完了安德鲁的煎饼，把《蓝色的海豚岛》①落在了家里的椅子上。

没事，她还可以检查作业，她可从没把作业落下过。在格兰德河畔做好学生可比在芝加哥容易多了。在这儿用不着掩饰成绩好，而在芝加哥，成绩好是一件很丢人的事情，会被嘲笑是书呆子。

校车来了，她从书包里拿出作业。前排的座位都被人占了，但她不想从狭窄的过道挤到后排去——后排坐的都是"疯子"，于是她决定站着。校车司机很随和，如果她不吵闹的话，或许他不会要求她坐下。

窗边还有一小块地方空着，她粗声粗气地对安德鲁说："坐。"安德鲁握紧口琴，从一个三年级学生身前钻过去坐下。

约兰达靠在第二排座位边上站好。她把作业对着光，好检查自己那漂亮的斜体字。她写字母"i"时都会用小圆圈来写上面那一点，每句话的最后都用一个圈结束。

---

① 美国作家斯·奥台尔所著儿童小说，作者因此获得纽伯瑞儿童文学奖金奖和国际安徒生奖作家奖。

"快坐下吧，大鲸鱼。你要把车底板压坏啦。"车厢中间某处有人冲她轻蔑地说道。周围的人爆发出喘息声、狂笑声和起哄声。约兰达挺直腰板，眼睛始终看着作业。她在脑海中搜索对比着自己认识的那些男孩的声音。是傻瓜乔治吗？还是满脸青春痘的大长腿丹尼？或者是衬衫白得瘆人的捣蛋鬼杰拉德？

"喂！大鲸鱼！"

约兰达的脑海里浮现出鲸鱼的模样。一道又一道小波浪拍打着它们巨大的灰色脑袋，它们的小眼睛凝视远方。

约兰达望向说话的那个人——大长腿丹尼把手拢成喇叭状，两条腿伸在过道上。

约兰达缓缓地向后挪动，朝他的座位走去。他弓着背坐在座位上，脸上带着嘲弄的傻笑，两条长腿占满了狭窄的空间。

"芝麻脸，你了解鲸鱼吗？"约兰达俯视着对方，轻轻问道，"你一无所知，对不对？"

丹尼在座位上不安地扭动了一下，他生气地抬头扫了她一眼。

鲸鱼的小眼睛凝视前方。紧接着，它们喷出一股股好看的水花，像极了格兰特公园的喷泉。

约兰达紧盯着丹尼慢慢涨红的脸，接着说："鲸鱼是海洋里很厉害的哺乳动物——五大洋里数一数二的强者。"

丹尼的嘴唇动了动，却说不出一句话。

"鲸鱼的歌声能越过上千米的海面被同伴听到。它们能发出尖锐的高音，也能发出哀鸣似的低音。鲸鱼的歌声非常美妙，人们还把它录了下来。这种歌声强而有力，音乐家还会为它配上背景音乐。"

丹尼涨红了脸，约兰达知道自己的回击起作用了。她知道，他不愿在朋友和后排的女孩面前丢脸。

她扭头假装检查作业，脚不算用力地踩了一下他的脚趾。

"别踩老子的脚！"他愤怒的腔调中带上了一些乞求，约兰达对校车后排响亮的起哄声和嘲笑声很满意。

"别太大声了啊，孩子们。"校车司机连头也没回，温和地喊道。

鲸鱼下沉，尾巴像信号灯一样高高举在水面上。深深的海水里，它们发出高亢的呼喊，把胜利的消息传到千米之外。

约兰达已经做好在校车抵达学校时跟大长腿丹尼对峙的准备，可他和她匆忙擦肩而过，径直朝自己的教室跑去。

约兰达看着安德鲁一边下车走向一年级教室，一边顺手把口琴塞进了屁股口袋。安德鲁的成绩比不上约兰达。他连一个字都不会读，只能去上后进生的特殊阅读课。他不容易结交朋友，但也不会轻易得罪人。

"哎呀，你刚才好厉害。"手肘旁传来的声音粗哑得像个男人。约兰达转过身，惊讶地发现一张苍白小巧的脸正抬头看着自己。

"嗨，我叫雪莉·派普。"那个声音说道。雪莉长得小巧玲珑的，唯独嗓音粗哑，一对浅蓝色大眼睛在约兰达所见过的最厚的眼镜片下骨碌碌地转动着——没错，眼肌微微抽搐着，眼睛在厚厚的镜片下骨碌碌地转。

"你真不一般。"雪莉说，"你还会做什么？"她哈哈大笑起来，笑声深沉，干巴巴的，像咳嗽一样。

"我会弹钢琴，"约兰达认真地答道，"主要是莫扎特一类的古典乐；我功课全优；"她盯着雪莉，"我会照顾我弟弟；我们一家人的衣服都是我一个人洗；我会做蛋糕。"

接着，约兰达决定撒个谎，她说："我还会跳双绳。"她看着雪莉，想从雪莉脸上看出怀疑的神色。一点儿都没有。"我会跳'泰迪熊'，还会跳'红辣椒'[①]，不过要有合适的人摇绳。"

雪莉·派普的眼睛转个不停，目光里满是钦佩，"关于鲸鱼

[①] "泰迪熊"和"红辣椒"都是跳绳时唱的歌谣，要根据歌词中的要求做相应动作。

的那段话，我喜欢你对丹尼说的关于鲸鱼的文本。你是背下来的，还是说你是个天才，能现场创作？"

"不是，"约兰达说，她对于"文本"这个生僻词感到惊讶，"不是背下来的，我只是知道。"她已经记不清自己对大长腿丹尼说过什么了，脑子里只有庄严的鲸鱼图像。她又看了一眼雪莉，问："你会做什么呢？"

"哦，我没你那么大本事，"雪莉粗声粗气地说，"我读了很多书，但是抽不出时间学习。我的功课不是全优，有几门课差一点儿，是良好或及格。"她再次哈哈大笑，"我也不会摇双绳。"

"别难过，"约兰达突然宽容地说，"摇绳是一门艺术，确实挺难的。"

上课铃响起，两人急忙转身朝学校跑去。

"要掌握好节奏，跟同伴同步。你懂的，要很有默契。"约兰达跟在雪莉匆忙奔跑的身影背后大声喊道。雪莉没回头，抬手挥了挥。

哈，我至少唬住了这个镇子里的一个人，约兰达心想，虽然这个人说话粗声粗气像个男人，眼睛还骨碌碌转；虽然这个人比一般的白人还要白。

只是，约兰达对自己的谎话略感愧疚。她自认为跟这些土里土气的乡下孩子跳"泰迪熊"肯定没问题,这儿的跳法慢得多,也简单得多。不管多么努力练习,他们也根本摸不着跳双绳的门道。这里没有一个人能像芝加哥的孩子那样跳绳。没有人能像芝加哥的女孩那样,从呼呼作响的跳绳间蹿进蹿出,尽管那些女孩从来不把她当朋友,几乎从没找她摇过绳。这里没有一个人的腿脚能像弹簧那样轻盈、敏捷。约兰达不得不承认,"红辣椒"速度太快,无论在哪儿,她这种体型的人都绝对跳不了。因此,这个谎撒得就更大了。

她还对雪莉撒了另一个谎。她从没跟任何人产生过足够的默契,能把绳摇得完全同步。她总在摇绳之前就对同伴指手画脚:"你太矮了。"或者斗气似的问人家:"你以前没摇过绳吗?"

完美同步的摇绳她只见过一次,那还是在芝加哥课间的操场上。那几个女孩高矮差不多,胳膊甩得从容又放松——摇啊,摇啊。她们目不转睛,但不是盯着对方,而是好像什么都没在看,只是竖着耳朵认真听——安德鲁就经常这样。上课铃一响,摇绳的两人哈哈大笑,开心地轻轻拍拍对方,把跳绳收起来,然后互相搂着肩膀回了教学楼。

有一段时间,约兰达很喜欢回忆那一幕。她喜欢幻想那些女孩是她的朋友。

03

沥青坡

"安德鲁,读书的时候不能吹口琴。"吉勒莉老师说着,在小圆桌旁挨着安德鲁坐下,她的声音很友善,"我们应该把口琴和别的玩具都收起来,这样才能专心做手头上的事。"

安德鲁看着眼前崭新的书页,有一排黑色符号列队穿过了书页。他紧握口琴,扬起下巴,一副不听话的样子。紧接着,他放弃了抵抗。万一老师把口琴没收了呢?他见过别人的东西被没收了。拉托亚·弗林奇的逐风赛车就在讲台上放了一整节阅读课;斯泰西·格德斯泰因的喝水撒尿娃娃把她的作业本弄得湿漉漉的——全是低脂牛奶,所以她以后再也不能把娃娃带到学校了。

安德鲁小心地把口琴塞回屁股口袋,那儿离吉勒莉老师最远。他又看了看画着黑色符号的崭新书页,老师想让他说出这些符号的意思。人们不用嘴说话的时候，就用这些密码来交流。他根本不在乎这些符号的意思，因为符号上面画着一幅图，图里有几个傻乎乎的小孩在沙坑里玩耍。安德鲁知道他们在玩什么，知道他们在说什么，也知道自己根本不想跟他们一起玩。他们可能在为了图上那个小小的红色卡车吵架。他才不想跟他们玩呢。

"安德鲁，你能告诉我第一个字是什么意思吗？"吉勒莉老师问道。

安德鲁低头看着双手。他的手好想摸一摸口琴，他的嘴好想吹一吹口琴。不，不，他想用口琴吹出这两个字。不好玩，他想用口琴这么回答。他还想用口琴吹出吉勒莉老师的声音——低沉、友善、轻柔。要么干脆坐着口琴飞出去，吓得吉勒莉老师把嘴巴张成一个圆圈。

吉勒莉老师叹口气，把书拿走了。她取来一张涂色纸放在安德鲁面前。纸上画着一只小狗，小狗的脚下踩着一个皮球。安德鲁想用口琴吹出：汪汪，但是口琴装在屁股口袋里，所以他只能看着图画。图画下面也有几个黑色的符号。

"你能告诉我图上有什么吗？"吉勒莉老师问道。图上的东西一眼就能看明白，安德鲁以为吉勒莉老师在说图画的线条之间藏着什么他看不到的东西，就像约兰达经常在报纸漫画版上玩的解谜游戏一样——找出隐藏的脸。于是,安德鲁使劲看啊看,想找出图上隐藏的脸。

"你看到什么了,安德鲁?"吉勒莉老师有点儿不耐烦地问道。

我讨厌读书,安德鲁心想。他好想把口琴拿出来。一张隐藏的脸都找不出来,于是他低下头,把脸贴到图画上。我就是隐藏的脸,他心想。想到这儿,他就笑了。

"有什么好笑的?"吉勒莉老师问道,安德鲁感觉她有点儿不高兴,"这张图根本没什么好笑的!"

安德鲁的心越飞越高,越飞越远。汪汪,他听到自己脑袋里传出小狗的叫声。他想象自己拍着皮球,小狗蹦蹦跳跳的样子逗得他忍不住要哈哈大笑。可是他不想再惹恼吉勒莉老师,只好闭上眼睛,听着皮球落地弹起和小狗叫起来的声音。嘭嘭。汪汪。

约兰达走进教室,坐在靠近讲桌的位置。这个位置能让她拥有一些主动权。之所以不坐在第一排,是因为早在芝加哥上三年级的时候,她就发现老师的目光经常会盯着那儿。因此她要求坐在第三排第三列,她说自己有侧视症,只能坐在正对黑板又离黑板不太近的地方才行。其实约兰达只想约翰科斯基老师站在讲台面向全班同学的时候再引起他的注意，这样一来，她只要稍微抬一下手，老师就会叫她回答问题。回答的时候，她大都会加上自己的评论。约翰科斯基老师是约兰达自从上学以来遇到的最喜欢的老师。

"谁来说说脊椎动物分为哪几种？"同学们坐好之后，约翰科斯基老师问道，"约兰达？"

约兰达费劲地从座位上站起来，答道："有脊椎的动物叫作脊椎动物。脊椎动物主要有五种，分别是鱼类、两栖动物、爬行动物、鸟类和哺乳动物。"

"回答正确，约兰达。"

"人类是哺乳动物。据说人类是从猩猩进化来的，但有些宗教不认可这种说法，他们认为人类的祖先是亚当和夏娃，而不是毛茸茸的猩猩。"几个人发出窃笑声，约兰达扭头看向窃笑的几个人，"当然，有些人更像猩猩，"她顿了顿，四处扫了一眼，"他们长得像猩猩，说话也像猩猩。"全班同学哄堂大笑，"这就是证据。"

说完，她瞪大眼睛，双手交叉抱在身前，"有谁要提问吗？"

没人提问，教室里只有一片充满敬畏的沉默。

"马屁精！"教室后排有人尖声喊道，打破了寂静。

约兰达坐下来。

"大马屁精。"又有人嘲讽道，引发一波窃笑和低语。约兰达转过头，一脸蔑视地看着后排的同学。

约翰科斯基老师无视学生们的哄闹，继续问道："哺乳动物和其他种群的区别是什么？"几个人举起了手。约兰达这会儿不愿再想什么脊椎动物，她仍然举起了手。但她知道约翰科斯基老师在讲解美国地图前不会再喊她回答问题了。

约兰达坐在第三排第三列的座位上，抽出有关地图的家庭作业，上面的五十个州和一个特区被分别用不同颜色标了出来。她把课本按照上课顺序摆好，合拢双手，允许自己走一会儿神，开始思考遇见雪莉这件事。

以前怎么从没注意到她呢？她嗓音那么粗哑，单单这一点就足够引人注目了。可能她平常话不多吧。话不多，别人就不会注意到她小小的个子或骨碌碌转的眼睛。

"你是个天才吗？"她问约兰达。

放学后，安德鲁想去沥青坡看别人玩滑板。每当约兰达有什么事要做，或者留在学校给老师帮忙时，她都会把安德鲁留在滑板公园。沥青坡被滑板手简称作"坡"，它由一个个土墩、坡道、弯道和斜坡组成，长坡平坦光滑，可以在上面加速，也可以做一些平台技巧。

安德鲁很喜欢听滑板迅速碾过地面的声音，其中夹杂着滑板手的喊叫声、抱怨声和欢呼声，还有呼哧呼哧的喘气声和飞驰而过的呼啸声。

用口琴演奏滑板音乐更合适一些，不过有些时候，比如当一个滑板手踩着滑板腾空而起，悬停在半空中很久时，安德鲁就很想用自己的小木笛吹奏清朗的悦耳音调。有时候，他真希望自己能多长一张嘴，那样就能同时演奏两种乐器了。

几个初中生经常在沥青坡边上晃悠，约兰达曾经指着他们警告安德鲁。"安德鲁，他们是坏孩子。"姐姐告诉他，"要是他们找你的麻烦，一定要告诉我。"

安德鲁心想，如果自己有两张嘴，就可以尝试吹奏那些坏孩子的声音——一种低沉、亲切的和弦，就像在芝加哥给他小纸条的那个大孩子的笑声一样。他会先用口琴吹出温和的前奏，再用笛子吹出高音的警笛声，最后堵住出气口，让声音戛然而止。

看着那几个坏孩子在沥青坡旁边跟年纪更小的孩子们说笑，安德鲁用口琴试着吹了一下。听见口琴的呼啸，几个孩子惊慌地四处看了看。

接着,安德鲁吹出妈妈喊他的声音。那声音很愤怒,就像那次他想独自过马路时妈妈的喊声。

"安德鲁!马上给我回来!"她的喊声里恐惧多于愤怒,却充满迫切和威力。

安德鲁!马上给我回来!安德鲁吹出这样的音调。他略微吃惊地看到,就在那几个初中生周围的人群里,有一个二年级男孩惊慌地抬起头,又摇摇头,从那群人身边走开了。

"卡尔,你怎么了?"有人问那个男孩。

"我好像听见有人叫我。"男孩困惑地挠挠头说。

04
天才

"约兰达！约啊约兰达！头肥脸又大！"

三个龇牙咧嘴的五年级男生一边喊，一边摆好架势，准备随时跑掉。约兰达转过身，不屑地看了他们一眼，然后一句话也不说，迈着大步朝他们走去。三个男生唰地转身就跑，边跑边欢呼，推开系着红腰带的协管员，冲到了街对面。

等待过马路时，约兰达解开书包带，卸下书包拎在手里，开始前后甩起来。

"快点儿，"她对协管员喊道，协管员是个金发女孩，个子很高，瘦得皮包骨头，"我不能整天站在这儿。快点儿让好戏开场吧。"

"我才是协管员，你不是，约兰达，"金发女孩大声埋怨道，

"我叫你过你再过。"

"那什么时候能过？"约兰达咆哮着把书包当棍子一样甩得呼呼作响。

"过吧，"金发女孩尖声说道，"现在可以过了。"

嘲笑约兰达的三个男生已经停止奔跑，正在对面等着她。她刚走到路中间，他们又唱了起来："约兰达！约啊约兰达！头肥脸又大！"

约兰达看准了她的敌人：其中一个皮肤发灰，另一个四肢发达、头脑简单，而最高的那个脸色苍白，好看的脸上全是青春痘。

她走到街边停下脚步，做出若有所思的样子望向天空，仿佛在看降落伞飘落。她眼睛盯着上面，随手把书包放在地上。紧接着，她踮起脚，用手搭在眼睛上方，故意张大了嘴巴。

她斜眼一瞥，看见三个男生也站在那儿望着天空。但其实天上连一朵云都没有。

"哇！"约兰达煞有介事地大声叫道，紧接着猛地转身看着三个男生，大喊道，"看什么呢？隐形飞碟吗？"三个男生惊讶地看向约兰达，她忍不住哈哈大笑："上当了！上当了，傻小子们。"

她弯腰捡起书包，动作敏捷得不像是体格庞大的人。她看都没看那三个惊呆了的男生，迈着庄严的胜利步伐，走回马路的另一边。现在她可以做自己的事情了。

除了查东西和借书之外，她今天下午去公共图书馆还有另一个目的。想到这儿，她加快了脚步。

她往常会带着安德鲁一起，把他送去儿童阅览室，那儿有一个小时的讲故事时间。安德鲁喜欢听故事，但是他今天想去看别人玩滑板。于是，约兰达像平常一样，再次指着那几个初中生小混混警告安德鲁小心他们，要求他保证就在原地等她，然后一个人朝图书馆走去。

"兰达①去图书馆呢。"芝加哥的蒂龙曾这么取笑她，那仿佛已经是一百年前的事情了。妈妈从不担心女儿独自坐公交车去市中心。当时安德鲁有保姆照顾，妈妈常说："谁都不敢惹约兰达，除非他们想脑袋开花。"

格兰德河畔的公共图书馆离学校不远，约兰达步行就能到。这是一座位于街角的大型古老建筑，附带的现代化设施几乎占了

---

① "约兰达"全名"约兰达·梅·布鲁"，朋友会亲昵地称她为"兰达"。

一个街区。约兰达不得不承认，这座图书馆确实不错。她天天来这里"充实头脑"，连周末也不例外。她对里面了如指掌，知道侧门能直接通往她想去的地方，但她仍然选择爬上宽阔的阶梯，穿过高耸的拱形门廊。她昂首挺胸，像女王一样走进灯光明亮又安静的阅览室。她喜欢书籍散发出的气味，不分新旧她都喜欢，也喜欢那里大家都小心翼翼的静谧气氛。

一进门，她便绕去检索区。一本厚厚的辞典就摆在检索区的柜台上。她打开辞典，翻到以"G"开头的单词。

她那带有小肉窝的胖手指顺着左侧来到"ge"开头的单词。

"格尼帕树、格尼帕果[①]……"虽然这些词不是她想要找的，但她还是停下来读了读。

这本辞典跟学校里的那些辞典不一样。它的纸张非常非常薄，里面的单词数量也比学校的辞典多很多，收录了比如"基因"这样有趣的词语。

约兰达从外套里摸出一根巧克力棒。图书馆里禁止饮食，约兰达却经常偷偷带巧克力棒进来。一边吃东西一边看书的感觉很好。巧克力在嘴里化开，让人感觉温暖；书捧在手里，让人心里

---

① 这几个词以及"天才"的英文均以"ge"开头。

踏实。这对约兰达来说就是天大的幸福了。

她经常在成人图书区站着看书。她喜欢诗人们纯粹而欢快的文字，书名能勾起她兴趣的书，她都会抽出来读一读。可今天她不打算这么做。今天她一定要查出"天才"的意思。她想找到比学校辞典上更好的定义，因为学校辞典上只写着："天才，名词。1.非凡的天生能力；2.非常有天赋的人。"多么笼统无趣的定义啊！究竟是谁给小孩们编出这么傻的辞典的？傻瓜吗？

翻成年人的辞典只有一个问题：她查着查着就去看别的东西了。但今天绝不能分心，她要解决一个令她心神不宁的问题：自己到底是不是天才？

"生父"。这个词好有意思，得看看。"生身父亲。"约兰达思考着自己的生父——她只有偶尔才会想起爸爸。她五岁那年，爸爸在密歇根湖上钓鱼时，因为一场暴风雨不幸溺亡了。

"我不怎么记得我的生父了。"她在心里大声说道，并试着用嘴说出这个单词，心思飘到了别处。

但她很快回过神来。"天才"就在那儿，只隔了两个单词。她闭上双眼，默默思考：我想做天才吗？想吗？万一我不是呢？她又咬了一口巧克力棒。她希望"天才"是指充满好奇心、求知欲，是想要比别人更出众的人。

"天才。1.卓越或超凡的智慧和创造力。"

就像上帝创世一样,她心想,唉,我可比上帝差远了。

她知道跟班里大多数头脑简单的同学相比,自己是非常聪明的。她会像老师一样说话,有些长句子连老师都说不出来。她不确定自己是不是"卓越"的,也不知道有没有"超凡的智慧和创造力"。她得再查查"超凡"这个词。能在课堂上说出这个新词汇,一定能让约翰科斯基老师大吃一惊。

她接着往下读"天才"的词条,"2.天生的才能或优势"。跟学校辞典很像,也许编辞典的那群傻瓜就是从这儿抄来的。不过,她仔细想了想这个定义,不确定自己的能力是不是天生的。因为在她看来,自己下了很大功夫做课堂作业,也努力摸索哪些事情能得到学校里重要人物的表扬和赞赏。她不知道天才会不会费尽周折去讨好那些重要人物。

学校里的重要人物是指大多数老师和校长。在课间歪歪扭扭靠墙站着的小屁孩、打篮球的那些运动健将、活泼的跳绳高手、凑在一起窃窃私语的傻瓜,这些都称不上重要人物。他们根本什么都不懂,约兰达心想。

辞典上的下一句话引起了约兰达的兴趣。一个叫约翰·赫西①的人曾经说过,"真正的天才,会以前所未见的方式,将旧的材料重新组织。"这句话让她心里一惊。猝不及防,约兰达的脑子开始咔嗒咔嗒地飞速运转。

"……以前所未见的方式,将旧的材料重新组织。"她心里咯噔一下。

"安德鲁!"约兰达沮丧地惊呼道,"安德鲁才是我们家的天才!"随即,她摇摇头,想甩掉这个念头。"我在说什么呢?"她嘟囔道,"他连认字都不会呢。"她狠狠地咬了一口巧克力棒。可是那个念头悄悄爬过嘴里融化的巧克力,巧克力也变得不甜了。

她手指点着"天才"一词,在那儿站了好久。她习惯了安德鲁所能做到的事情,所以才没放在心上。大家总是更关注安德鲁做不到的事情,比如他用了好长时间才学会说话。约兰达还记得安德鲁不会走路时,大家紧张兮兮的样子。同龄的孩子迈着罗圈儿腿,东倒西歪地从一张椅子走到另一张椅子,安德鲁却安心地坐在那儿吹口琴。安德鲁学普通的东西没那么快,但约兰达从没把这当回事。他的脸蛋像天使一样可爱,是个做事认真的小男孩,也唯有他能让约兰达温柔以待。

---

① 约翰·赫西(1914—1993)是美国著名作家和新闻记者,曾获得普利策奖等多个奖项。

但此刻，她突然开始思考这个有着天使面孔的小男孩能做到的事情。只要电视上或者电台里播放音乐，安德鲁就会敲东西伴奏，随便什么都能敲，比如膝盖、桌子、墙壁；或者他会用口琴吹奏出略低于那音乐的悦耳声音，仿佛桥下缓缓淌过的流水。他会用口琴模仿人们发出的各种声音，争吵声、惊叫声、低语声，都不在话下。口琴就住在他的口袋里，他连睡觉也要握着口琴。

"这说的就是安德鲁！"约兰达重新读了一遍"真正的天才……将旧的材料重新组织"那句话，在公共图书馆里大声喊道，"真正的天才！难怪没有人能理解他。他们都不够聪明！"

她的思绪飘到了过去，很久以前的画面像慢镜头一样在她脑海里闪过。还是小婴儿的安德鲁哭得满脸鼻涕和泪水。"可怜的小家伙。"有人说道。是她的生父在说话吗？约兰达依稀记得，在什么地方的起居室里摆着一张婴儿床。"可怜的小家伙。"她爸爸对着婴儿床弯下庞大的身躯，粗壮的胳膊揽起婴儿。"蒂斯，我们不能总是一听到他哭就把他抱起来。"这是她妈妈的声音。阳光透过高高的窗户照进来。约兰达在跑来跑去。四岁的她脚上穿着一双新鞋，鞋子踩在地面上啪嗒作响。她跑过去靠在爸爸的腿上，扯着他的裤子，也想让爸爸抱，想被揽进那大大的、温暖的臂弯。

她已经记不清爸爸是什么时候给了弟弟那把口琴,不过应该是弟弟还睡在婴儿床里的时候。她记得弟弟紧紧地闭着眼睛、用小嘴吮吸口琴的样子。"他在长牙呢。"爸爸说。爸爸给弟弟口琴是为了安抚他的哭闹。安德鲁抱着口琴又是吸又是吹,发出咕嘟嘟的声音。他会停下听一会儿,再继续发出咕嘟嘟的声音。

约兰达站在辞典前,一阵笑声清晰地传进她的脑海——爸爸的笑声,接着,爸爸亲切的面庞像意料之外的礼物一样溜进她的记忆。听到让安德鲁不再哭闹的音调,他也哈哈大笑。从来没有人笑得像爸爸那样爽朗。往日的记忆让约兰达心里一阵难受。他给我们留下的只有这些了,她心想,我记忆中的笑声,还有安德鲁的口琴。

即便在安德鲁刚拿到它的时候,那把口琴也已经有些年头了。亮闪闪的外壳上雕刻着"马利乐团"的字样,木质琴身上有十个方孔。

"史上年纪最小的口琴大师。"爸爸曾高兴地夸口道。

这就是安德鲁的音乐启蒙,约兰达摁着辞典上的那一页站在那儿想。随后的一切就这样慢慢发生了,谁都没有太在意。安德鲁的口琴,他的笛子,他用脚打节拍,用手指做出敲鼓的动作,这些都像他的皮肤一样,是他自身的一部分。

她合上辞典。她不想留在图书馆做作业,或者学习更多知识来超越同班同学。对安德鲁的愧疚和担忧开始让她心神不宁。她匆忙走出图书馆,朝沥青坡跑去。发现弟弟的才能之后,她觉得弟弟好像变得更需要人保护了。她想象弟弟被人绑架了,或者发生了车祸。她跟弟弟说过要待在原地。

然而安德鲁正和一个名叫卡尔的二年级金发男生坐在树下,从她走后几乎就没挪过地方。

"咱们走吧,"她松了口气,声音有些沙哑,"要走好远才能到家呢。"她把手伸进口袋,拿出多带的一根巧克力棒,掰成两半,分给安德鲁一半,"走吧。"她像军队指挥官一样迈开步子。走到马路旁,她快速扭头看了一眼。安德鲁正在把他的半根巧克力棒再分一半给那个叫卡尔的小孩。

走回他们住的街区需要整整三十五分钟。安德鲁跟在姐姐身后,不时吹一两下口琴。每次转弯时,她都会耐心地等着弟弟。走到他们家所在的弗雷蒙街时,她停住脚步,转头对弟弟说:"你知道吗?你是个天才。"

安德鲁直愣愣地看着她,盯着她的脸打量了好一会儿,终于开口说:"我不是。我是安德鲁。"他的语气非常笃定,而且对姐姐给他起的外号感到有些难受。

05

新朋友

第二天早上,约兰达爬上校车,惊喜地发现大眼睛雪莉·派普给她占了个座位。那个座位在第一排,紧挨着过道,对约兰达来说足够宽敞了。

"我是第一批上车的,"雪莉声音沙哑地对约兰达说,"我明早还给你占这个座位。"

"好的,谢谢。"约兰达嘴上答应着,心里却不住琢磨:她想干什么呢?

"我喜欢坐前排靠窗的位置,能看着孩子们上车,"雪莉说道,"从表情就能看出他们一天的心情会怎么样。"

就在这时,校车出发了,有个侧身隔着过道和朋友说悄悄话的男生,砰地从座位上摔了下来。

"比如他。"雪莉朝那个困窘的男生点点头。在一片喝倒彩声和嘲笑声中,他正往座位上爬。

"哦,是吗?"约兰达说,"我今天心情会怎么样?"

雪莉忽闪忽闪的浅蓝色大眼睛看向约兰达,两颗眼珠在厚实的镜片后极速转动。她打量了一会儿,"坏心情,"接着又哈哈大笑起来,"我开玩笑的,你才不会有坏心情呢。"

"你真奇怪。"约兰达哼了一声。

"你也是,"雪莉说,"但又很有趣,很聪明。"

"嗯,不过,我弟弟是个天才。"约兰达自豪地宣布,但突然忍住了继续说下去的冲动。这件事她还没跟妈妈说呢,为什么要告诉这个干瘦的小女生?

"拿口琴的瘦小男生?那是你弟弟?他可爱得像个小天使。你俩一点儿都不像。"雪莉声音沙哑地咯咯笑着,"我可不是说你像恶魔啊。"她又咯咯笑起来,"不知道我为什么要说这种笑话。"

"什么笑话?"约兰达气鼓鼓地问。

雪莉马上正经地说道:"好吧,如果他是天才,那你俩就真的很像了。"她粗哑的嗓音让约兰达听得很舒服。

"真正的天才,会以前所未见的方式,将旧的材料重新组织。"约兰达转头看着雪莉,引述辞典上的话。雪莉的蓝色眼珠骨碌碌地转着，一脸钦佩的表情。

校车辘辘响地行驶着，身边的孩子们吵吵闹闹，约兰达趁这个机会说出了心里话。"别告诉其他人，除了我，谁都不知道他是天才。但现在你知道了，我不知道为什么要告诉你。连我妈妈都不知道呢。安德鲁理解不了。他还不认字，可能会觉得这是骂人的话。学校里的人都不知道他是天才。芝加哥的那些老师也不知道。"她看着雪莉，观察雪莉有没有兴趣继续听下去。她接着说："只有非常聪明的人才能看出谁是真正的天才。"

"你告诉我是因为你需要和一个人来聊这件事。"雪莉说，"有心事要跟别人聊聊。大家都这样。"

"哦，是吗？"约兰达不以为然，"你的心事都跟谁聊呢？"

大眼睛雪莉的表情黯淡下来。她紧张不安地垂下眼睑，盖住骨碌碌转的眼睛，低头看着膝盖。

约兰达惊讶地发现自己心里竟然有点儿难过。她低声说道："你要是有事想跟人说，我愿意听。"

"我在想……"雪莉满怀期待地说，"我在想，你可以教我跳双绳。"

约兰达呆住了。自己撒的谎，把自己给套住了。

"没有绳子。"她找了个借口。

"我有绳子。"雪莉急切又高兴地说。

约兰达的脑子里一片混乱。"这么着吧,"她终于说道,"咱们先从蛋糕开始,我教你从零开始做蛋糕。"

当约兰达穿过吵闹的走廊,走向储物柜时,她对自己跟大眼睛雪莉说弟弟是天才这件事很生气。"我怎么就管不住自己的大嘴巴呢?"她低声嘟囔道。但是在去教室的路上,她又评估了一下雪莉·派普这个人。教她做蛋糕也没什么。约兰达的妈妈平常不让她在家里做蛋糕,只有过生日或者节假日之类的特殊日子才行。"你不能吃那么多蛋糕,约兰达。"可是妈妈想让约兰达交朋友,经常催着约兰达交朋友。

有了雪莉这个借口,约兰达就可以做蛋糕了。她一想到这里,就开始流口水。她第一个想到的是橙子奶油酥皮的柠檬布丁蛋糕,蛋糕上撒满擦出的橙子皮碎。紧接着,她想到了德式巧克力蛋糕,蛋糕的层与层之间渗出山胡桃糖霜。真棒!或者又高又绵软的天使蛋糕怎么样?可以用手撕下来,蘸上化开的黑莓酱和现打奶油……

泰妮姑妈教过她做蛋糕。泰妮姑妈是爸爸的姐姐,在约兰达上学之前,姑妈还教过她认字呢。在芝加哥的时候,泰妮姑妈家和她家只隔着两个街区。一想到蛋糕,约兰达的肚子就咕咕叫,可是想起泰妮姑妈,她又觉得有些孤单。

"胖得匀称。"体重将近一百四十公斤的姑妈这么评价约兰达,"我是纯粹的肥胖,"泰妮姑妈自豪地晃晃脑袋,下巴上的几层肉也跟着抖动,"约兰达——约兰达是胖得好看。"

约兰达喜欢去姑妈家玩。那时候,如果妈妈下班晚,约兰达就会带安德鲁去姑妈家里过夜。

泰妮姑妈的笑声像饼干一样清脆,又像肉汁一样浓郁。她的衣服都特别好看——红的亮眼,白的纯净,一尘不染。她常常做猪排,用烤箱慢烤,再配上红豆和热气腾腾的米饭。红豆也是小火慢煮出来的,里面掺着大片的撒满丁香的洋葱。

泰妮姑妈的手和妈妈的手一样漂亮,但是指甲留得很长,剪得整整齐齐,涂成亮闪闪的红色。她一小口一小口地吃,优雅地细嚼慢咽,一根一根把排骨吃干净,然后用餐巾擦擦嘴,不会让白得刺眼的宽松裤子上沾到一丁点儿酱汁。她身上的香水味和美食味特别好闻。每当她把约兰达搂进怀里,约兰达都觉得自己可以永远待在那儿,呼吸着泰妮姑妈的芳香。

上课铃响起,约兰达猛地从回忆中惊醒。在迈着大步赶去教室的路上,她盘算着做胡萝卜蛋糕的步骤:准备香料、坚果和葡萄干——湿的葡萄干,把厚厚的枫糖霜堆得层层叠叠,摊出一个个糖旋涡。她迫不及待地扫了一眼手表,还有三个半小时才能吃午饭,社会科学课只能靠一小口一小口地吃巧克力棒撑过去了。

安德鲁走进特殊阅览室,发现吉勒莉老师不在,那里只有一个高大的男人,他很像安德鲁的识字课本里的人。他上身穿着一件宽松、柔软的衬衫,腿上穿着一条沙土色的裤子。

"嗨,"他开口说道,"我叫维克·瓦茨。我是语、语、语言治、治、治疗师。你叫什么名字?"他弯下腰问安德鲁。

安德鲁把口琴往屁股口袋里塞好,轻轻答道:"安德鲁·布鲁。"

"啊,原来你会说话呀,"维克·瓦茨沉思道,接着问,"那、那、那是口琴吗,安德鲁?"

安德鲁警惕地点点头。

"你会吹什么呢?"那人又问。安德鲁感到很惊讶,疑惑地看着维克·瓦茨。

"你会表、表、表演什么?"维克·瓦茨问道。

"什么都会。"安德鲁的声音很轻,瓦茨不得不凑近点儿才能听到。安德鲁拿出了口琴。

我什么都会吹。他用口琴吹出的声音像一声洪亮的喊叫,清晰无比。

维克·瓦茨惊讶得张大了嘴巴,"好棒的和、和、和弦!"他大声说,"你能吹《老麦克唐纳有个农场》吗?"

从来没有人要安德鲁表演,他吓了一跳。他多希望瓦茨让他吹的是其他有趣的曲子,比如约兰达的CD上的《蓝色狂想曲》,或者妈妈喜欢听的《午夜旋律》。不过,他还是吹了《老麦克唐纳有个农场》,简单的反复节拍,调子吹得高亢、清脆。接着,他为了好玩,又倒着吹了一遍。然后,他把这首儿歌的节拍延长,变成了雷鬼音乐。他一边吹口琴,一边用脚踏着节拍。咿——呀咿——呀哦——!

"太厉害了!"维克·瓦茨赞叹道,"你应、应、应该去上茱莉亚音乐学院啊,来这所普通学校真是屈才了!"他激动地跑向墙角的立式钢琴,从乐谱架上扯下一张乐谱。"看这个!"他把乐谱举到安德鲁面前说,"你知道这是什、什、什么吗?"

安德鲁看着那张纸。他知道这些黑色符号是音符,不是文字。这写的是音乐,约兰达看得懂。他看到这些符号的排列有一些规律,似乎在传达什么意思。他知道这些黑色符号告诉人们该奏出什么声音。有些音乐家听不到自己脑袋里的声音,只能通过这些符号阅读并演奏别人脑袋里的声音。

"这是《老麦克唐纳有个农场》。"维克·瓦茨解释道。

安德鲁更加认真地看了看这些符号。它们看起来呆呆的,没有颜色。不好玩,他心想。于是他拿起了口琴。

不好玩。他吹出这句话,干净又利落。

一时间,维克·瓦茨好像听懂了安德鲁的话。可是那种急切的关注从他脸上消失,换成了平常的成年人表情。他深吸了一口气。

"你不爱、爱、爱说话,是吗?"维克·瓦茨说道。

安德鲁糊涂了。他不知道这个叫维克·瓦茨的人想干什么。他知道吉勒莉老师想干什么,吉勒莉老师想让他看着那些识字符号,一直看到脑袋疼。吉勒莉老师想让他猜那些符号的意思,然后再说"不,不对"。有一回,斯泰西·格德斯泰因连续猜错三次,都被老师说哭了。

瓦茨老师刚刚说"好棒的和弦"。他说话结结巴巴的。安德鲁用口琴说话的时候,他会仔细听,但安德鲁觉得他没听懂。"好棒的和弦"是什么意思?安德鲁想告诉维克·瓦茨"不,不对"。可是安德鲁明白这样会让别人难过,所以只为语言老师吹了一小段柔和的嗡嗡声,声音轻轻颤动,就像他说话时那样。

06

蛋糕

沥青坡上，斯托尼·巴克斯顿踩着滑板，在自己设计的高难度障碍赛道上飞驰而过。不久前，他用易拉罐代替障碍路锥，摆了这么一条赛道。虽然斯托尼·巴克斯顿的滑板装着宽宽的软轮子，更适合做即兴动作，而不适合高速滑行，但他仍旧是威拉德学校速度最快的障碍赛道滑板手。

斯托尼喜欢听到围观人的齐声喝彩，但他主要是享受那种感觉——像冲浪运动员一样扭来扭去，身体犹如融化一般自如，轻松绕过每一个障碍。他喜欢脚下滑板的震动，并且能依据轮子与地面的摩擦声分辨出滑板是否调校到位，以帮助他做出最棒的动作。

冲到终点时，他弯腰握住滑板两端，摆出倒立姿势。观众纷纷热烈鼓掌喝彩。此时，不知从何处传来一阵音乐，这段和弦刚好与他惊人的动作相得益彰。

"嘿！"杰拉德冲他打了声招呼，斯托尼一个急刹车停下，双脚从滑板上跳下来，"动作真漂亮！你一直在练这个？"

斯托尼脸上的汗水亮晶晶的。他的黑皮肤细腻光滑。当他踩着滑板努力练习的时候，他的皮肤像雨夜的街道一样闪亮。

杰拉德的话引得他哈哈大笑。"没有，"他说道，"我滑到最后一个路障时临时想的。如果提前设计好，我估计就做不出来了。"斯托尼顿了顿，"那音乐从哪儿来的？我滑的时候好像听到有声音。不是音响里放的那种。"

杰拉德伸出大拇指，示意他看向沥青坡一侧的行道树。斯托尼以前就注意到，有个小男孩总是坐在那儿。那是一个瘦小可爱的黑人小孩，手里总是拿着一把口琴。这次他身边多了个伴——一个二年级的金发男孩坐在离他不远的地方。

"是他吹的？"斯托尼惊讶地问道。

"嗯，他天天来。没人带音响的时候，他就用口琴乱吹。烦死人了。"杰拉德说道。

听杰拉德这么一说，斯托尼想起自己玩滑板时好像总有音乐伴奏——不是大多数滑板手喜欢听的重金属音乐，而是一种为自己的滑板动作起到点缀作用却不会带来压迫感的声音。他早就下意识地把那些音乐当作对自己的欣赏和鼓舞。

"也许吧。"他对杰拉德说道,"但那小孩不错,或许他会给这项运动增添一些活力呢。"

"得了吧,"杰拉德说道,"这又不是什么溜冰场。再说了,'那伙人'不待见他。他很碍眼。"

"那伙人"是大家对那几个初中生小混混的叫法,为首的是一个八年级白人学生,高高瘦瘦,脸上光溜溜的。他叫罗米拉斯·福斯特,相貌端正,长得特别像鹰级童子军[①]海报上的模特。他每天都穿着崭新的跑步卫衣和最新款网球鞋,天天不重样。他身边总跟着一个打手一样的胖子,是个黑人,外号叫大猩猩。和他们一起的还有一个尖嘴猴腮的白人小孩,大家都叫他阿漏。

罗米拉斯常常以一种自信又很酷的腔调开玩笑,夸赞滑板手的时候非常内行。斯托尼不排斥罗米拉斯的夸奖,但他坚决拒绝和"那伙人"成为朋友。杰拉德恰恰相反,他像冬天寻找坚果的松鼠一样渴求表扬,经常和"那伙人"混在一起。

在沥青坡的滑板手中,杰拉德几乎跟斯托尼一样优秀。有

[①] 童子军起源于英国,现在是一种国际性的、按照特定方法进行训练的青少年社会性运动,主要目的是向青少年提供生理和心理上的支持,培养健全的公民。

时他的动作更大胆，叫人看得捏一把汗。他总是在最后关头才停住滑板，却又显得漫不经心。有时，他仿佛不知道什么时候该停下，无法专心做动作或避过路障，只会一直往前冲，直到摔下来或者滚下来。

"我喜欢他的音乐。"斯托尼说道。

"那种欢快的音乐会影响他们，"杰拉德朝倚着几辆车站在路边的"那伙人"点点头说，"'那伙人'特烦他。"

"得了吧，"斯托尼说，"一个小孩能影响他们？瞧他那样，连上学的年纪都不到吧。"

"他会耽误事吧，我猜的。"杰拉德说道，"我的意思是，我听见他们说来着。罗米拉斯叫他吹笛手①。吹笛手让人分心，惹人不高兴。卡尔现在都不跟'那伙人'混了，吹笛手把他变成了窝囊废。"

安德鲁坐在树下吹出几个和弦，试了试感觉。两个最棒的滑板手在聊天，安德鲁希望看到他们两人中至少有一个再次开始滑行。他最近在给那个瘦瘦的滑板手创作专属的曲调。那人叫斯托尼，安德鲁给他创作了一首流畅欢快的舞曲。总穿干净白衬衫的

---

① 在童话《花衣魔笛手》中，吹笛手的笛声有魔力，能牵住别人的思绪。

叫杰拉德，他玩滑板的动作让人喘不过气。安德鲁把嘴巴抵住口琴，换了一种吹法，练习属于杰拉德的调子——吓人的尖叫声，像在梦里从高处坠落。

那两个年纪稍大的男孩远远地看着他，仍旧没有开始玩滑板。安德鲁把口琴放在自己腿上，更加仔细地听周围的声音。约兰达还没来接他。姐姐在图书馆，或者在给老师帮忙。

他感觉到不远处的卡尔有些坐不住了。卡尔说他再也没有妈妈了。安德鲁不知道没了妈妈会怎样——再也没人担心你过马路，或者关心你吃没吃完饭；没人把你抱起来，跟着电台里的音乐一起跳舞；也没人在你生病的时候提早下班回家。卡尔甚至没有一个像约兰达这么好的姐姐，能带他去图书馆，警告他小心坏孩子。卡尔只有一个保姆，会在放学后照顾他，直到他爸爸回家。但那个保姆整个下午只知道看肥皂剧、吃椒盐卷饼。卡尔说保姆甚至不会注意到他是什么时候到家的。

安德鲁把口琴举到嘴边，吹出卡尔专属的曲子。他吹出轻柔的悲叹，那是卡尔不安的孤单。接着，他又对卡尔吹出母亲的告诫。卡尔转头看着安德鲁，露出安心的微笑。

约兰达最终决定教雪莉做巧克力软糖蛋糕。依据食谱，大眼睛雪莉可以参与到很多工序中：她可以切坚果仁，搅拌隔热水融化的巧克力，往搅打好的奶油里擦橘子皮碎调味，她还能给烤盘抹油、撒面粉。

想到做巧克力软糖蛋糕的步骤，还有最后把搅打过的奶油一圈圈铺在蛋糕顶上，约兰达就满嘴口水。

虽然要到放学后才能实践做蛋糕这一"壮举"，但约兰达周五一大早在去学校之前就把所有东西准备好了。妈妈一如往常，交代了一句"一定要让安德鲁吃早饭"就出了家门，约兰达立即小心地拿出配有小水晶底座的水晶蛋糕盘子，又从毡垫里拿出银质蛋糕刀和漂亮的银质点心叉子。她在餐厅里那张亮闪闪的桌子上把这些东西精心摆好，配上妈妈最好的玫瑰花纹瓷盘和重要场合才拿来用的浅粉色绣花餐布。"这间屋子不能只用来横穿过去开关电视或大门，得把它充分利用起来。"约兰达自言自语道。

新家的厨房宽敞明亮，透过大大的窗户，能看到后院以及妈妈在春天种下的各种花朵。厨房旁边是他们的洗衣房，约兰达自己就能去洗衣服。她喜欢洗衣服，但在芝加哥的家里，妈妈从来不让约兰达一个人去地下室的洗衣房。"谁知道会有什么样的怪人溜进去。"妈妈也从来不会独自过去，每次都会跟邻居结伴前往。

~48~

做饭比洗衣服更有趣，可是由于缺少街头的喧闹声活跃气氛，在这间安静的新厨房里忙活总让人觉得孤单。雪莉过来学做蛋糕的那个下午，约兰达头一次没有为厨房外的静谧感到心烦。

"开始之前，一定要先打开烤箱预热——做蛋糕一般需要三百五十摄氏度。"约兰达给雪莉演示怎么设定温度。

"好了，首先要筛面粉，筛完称量一下，再筛一遍。"约兰达用老师的口吻说道。

雪莉嗓音嘶哑地咯咯大笑："看起来好麻烦啊。"

"这样能让空气进入面粉，蛋糕的口感会变得轻盈，而不是沉甸甸的。"约兰达的牛仔裤和大号汗衫外面套着妈妈的围裙。她给瘦小的雪莉围了一条洗碗巾，以免弄脏连衣裙。

约兰达称量好面粉，把它们筛进一个大黄碗里。雪莉一脸敬佩地看着。

"然后用搅拌器把黄油弄软。"约兰达启动搅拌器，刀片切进一块块黄油，把它们打成乳脂。她开始一边慢慢倒入白砂糖，一边用橡胶抹刀刮擦、按压变成乳脂的混合物。整个过程需要技巧，雪莉一脸敬佩地看着。

接下来，约兰达把装着融化的巧克力的小碗略微倾斜，雪莉把巧克力刮进变成乳脂的黄油混合物。巧克力咕咕地滑进乳脂，激起一个个漩涡。两人看着蛋糕糊变色。真好闻啊!

"现在你可以把鸡蛋打进去了,"约兰达说道,"千万别把蛋壳掉进碗里。"

"唠,生鸡蛋好恶心。"雪莉抱怨道。她拿起一枚鸡蛋,在碗边上轻轻磕了一下。

"用点儿力。"约兰达指点道。

咔嚓一声,鸡蛋裂了,蛋液从壳里流出来。雪莉大呼小叫。蛋壳被她一把捏得粉碎,随着蛋液掉落下来,掉进转动的蛋糕糊漩涡里。

"真行啊你!"约兰达高声道。她关掉搅拌器,瞅了一眼巧克力色的蛋糕糊,然后拿汤匙舀出最大的几片蛋壳。"剩下那些就跟坚果一起打碎吧,"她说道,"第二个鸡蛋我来打。"

面粉、香草和坚果都放了进去。雪莉往长方形的烤盘里抹了油,约兰达把黄碗倾斜,蛋糕糊像漂移的冰山一样缓缓滑入烤盘。雪莉打开烤箱门,约兰达轻轻放入蛋糕。

"呼!"她说道,"现在就等着烤好吧——至少要三十分钟。"她定好烘焙时间。

"咱们配合得挺好,"雪莉说道,"很有默契。我敢说咱们一定能摇绳。"

"嗯，也许吧。"约兰达说，用这句回应把这种可能性推到了既安全又遥远的未来。

两人走进餐厅，欣赏那里的布置和水晶底座上的水晶蛋糕盘。

"蛋糕是我的最爱，"约兰达有些夸张地说，她做出一副戏剧化的真挚表情，想唬住桌子对面围着洗碗巾的瘦小姑娘，"我唯一的真爱。"

"不对吧，"雪莉说道，"我知道你还爱你弟弟呢。"

"那不一样，安德鲁是我的家人。"约兰达哼了一声。她很失望，雪莉根本没抓住重点。

"你弟弟呢？"雪莉问道，"一下午都没看到他啊。"

约兰达的心跳猛地停了半拍。安德鲁！她把安德鲁忘得一干二净。手忙脚乱地准备巧克力软糖蛋糕配料时，她把自己的弟弟抛到了九霄云外。

07

弟弟

四月的日光变长了很多,当沥青坡的滑板手们收起滑板回家的时候,天色已经不早了。只有杰拉德还留在那儿跟"那伙人"说说笑笑,随着夜色越来越浓,他的白衬衫显得更白了。最后,连他也踩着滑板走了。此时,卡尔早已回家了。杰拉德路过树下时,安德鲁看着他用长腿蹬着滑板。到了沥青坡边上,杰拉德把滑板斜过来做了一个豚跳①,接着跳下来,用手抓住了滑板。他胳膊下夹着滑板,大步跑过草地,消失在了街道尽头。

"喂,小弟弟!"这声音很亲切,甚至充满欢快的意味。安德鲁吓了一跳,从树下坐着的地方抬头看去,只见罗米拉斯·福

---

① 豚跳是一种滑板动作,指双脚带板起跳。

斯特两手插在银蓝相间的卫衣口袋里，正朝他走来。他穿着银色花边的喇叭裤，裤子和外套是一样的蓝色。大猩猩笨拙地跟在他后面，阿漏则小跑着落在最后。一组三重唱。尽管罗米拉斯的语气很亲切，三个人过度的热心还是让安德鲁不安地站了起来。

"你挺会吹口琴啊。"罗米拉斯说道。他又开穿着蓝色裤子的腿站在那儿，看起来像一把张开大口的剪刀。

"没错，真挺会的。"阿漏站在罗米拉斯身后嘲笑道。

他们在安德鲁面前站成一排，显得他更加矮小了。

"给我们吹一曲吧？"罗米拉斯说道。

安德鲁想起姐姐的种种警告。他不喜欢这几个人，尤其是假好人罗米拉斯。他要把他们吹走。他捧起口琴，把它按在嘴边，开始吹起来。他吹出鬼鬼祟祟的声音，这是骗子罗米拉斯；他吹出恶狠狠的喘气声，这是大猩猩；他又吹出仓促逃跑的声音，这是横行霸道的阿漏。几种声音汇在一起，变得越来越尖锐，化作一把利剑或一颗子弹。摔倒吧，口琴呼啸着，走开，洗洗澡。走开，消失。退后。这曲子像是在戳刺，在推搡。音符向前刺出，扎进罗米拉斯·福斯特的身体，猛地砸在阿漏和大猩猩身上，撞得他们直往后退。

安德鲁突然停止吹奏，转身抬脚就走。三个大男孩惊讶得一句话都说不出来。整整过了半分钟,罗米拉斯才回过神来,刚才友好的语气消失无踪:"拦住他!"

阿漏小跑着追上安德鲁,抓住了他的胳膊。大猩猩冲过来,从阿漏的手中拽过安德鲁。安德鲁吓得喊不出声,被抵在大猩猩湿漉漉的衬衫上。有人掰开他的手指,夺走了他紧握的口琴。阿漏尖叫着:"拿到了!罗米拉斯。"

罗米拉斯双手插在口袋里,悠闲地站在一旁,脸上带着笑意。"你需要一个更好的口琴,"罗米拉斯说道,"我们替你好好保管这个。"

大猩猩把吓呆的安德鲁扔到地上。

"大猩猩,这个咱们怎么处理?"阿漏把口琴在两手之间抛来接去,得意扬扬地说。

"让我试试。"大猩猩说着,伸手从半空中接住口琴,一把扔到沥青路面上,接着猛地跳起来,用全身的力量踩在口琴上。

安德鲁清楚地听见口琴发出咔嚓一声脆响。他听见阿漏嘎嘎的怪笑。他听见大猩猩呼哧呼哧喘着粗气,一脚又一脚踩在口琴上。片刻后,只见大猩猩抬起脚跟,狠狠地砸在金属外壳和木质琴身上,口琴发出了最后一下清脆的碎裂声。压扁的口琴四分五裂,木头气孔歪七扭八。安德鲁急切地查看它有没有流血。

罗米拉斯·福斯特笑着说："给你一个友情提醒——"他轻轻顿了一下，"离沥青坡远点儿，想玩就去秋千那边。"

说罢，罗米拉斯·福斯特转过身，悠闲地走开了，两个跟班紧随其后。安德鲁在大猩猩把他扔下来的地方坐了好久，眼睛一直盯着被踩得稀碎的口琴。他在等待，等待一切停止，等待时光倒流，好让刚刚的事情没有发生过。他在等着口琴恢复如初。接着，他听见自己急促的呼吸声，感觉到一声微弱的呼喊不断抓挠着他的喉咙，在他听来仿佛正是沥青路面上那一小堆木头和金属发出的哭喊。

"兰达，怎么啦？"雪莉一边问，一边跟着大块头的约兰达走进厨房，"我说错话了吗？"

约兰达的心跳停住了。安德鲁！他当时在校车上吗？她不记得自己看到过他。沥青坡？弟弟在那儿吗？以前去那儿的时候，弟弟总会事先告诉她。这次他说过吗？她心里只惦记着做蛋糕，一点儿也想不起来了。

她的心重新跳动起来，而且越跳越快。

"你待在这儿，看着蛋糕，蜂鸣器响了再拿出来。"约兰达抓起外套，"不，要先用蛋糕针戳一下，蛋糕针就挂在烤箱旁边。

把它戳进蛋糕再抽出来，如果上面没粘着湿蛋糕，就是烤熟了。"

约兰达把胳膊塞进外套袖子里，"我得回趟学校。你一定要看着蛋糕。"

"啊？这……"大眼睛雪莉疯狂地眨着眼睛，可她刚开口，约兰达已经冲出大门，听不到她后面的话了。

约兰达冲下台阶，快步走上弗雷蒙街，思绪先她一步飞出去老远，穿过她还没走到的大街。"老天哪，千万保佑他没事。"她自问自答，"他能出什么事呢？这地方很安全，什么都不会发生。安德鲁一定会好好的。"

她两脚啪啪作响，急切地走在人行道上，心里冒出种种危险的假设。过马路——安德鲁虽然迷迷糊糊的，但他会留神两个方向的车；绑架——小孩子在安全的城市里被绑架，这种事情全美国都有发生，尤其是像弟弟这么好看的孩子。约兰达加快了脚步，刘海儿下的前额开始冒汗。安德鲁还那么小，还不知道害怕，可他向来运气很好。也许现在运气也眷顾着他呢？她气喘吁吁地继续迈着大步往前走。

约翰科斯基老师关于小混混骚扰小孩的话浮现在她的脑海里。"权力掮客，"他这么称呼他们，"他们想控制其他小孩，制造恐惧。"每个城市都有自己的地头蛇，还不如留在芝加哥呢，约兰达心想。

突然,一个想法溜进她的脑袋,她全身的汗水瞬间都变成了冷汗。制造恐惧的人和安德鲁待在一处——安德鲁经常在沥青坡看别人玩滑板。她迈开大步跑了起来,呼哧呼哧喘着粗气,脚咚咚地砸在地上,外套也从肩膀滑落下来。

她看到弟弟了。就在隔着几个街区的远处,弟弟瘦小的身影越来越近。她猛地放下心来,以致浑身难受。她停止奔跑,站在那儿大口呼吸。她身体一侧疼痛难忍,只好用手按着那里等待疼痛缓解。可安德鲁没有像往常那样慢吞吞地走,而是双手捧着口琴残骸,急匆匆地跑向姐姐。这很反常,但是约兰达因为大松了一口气而没有留意。

"你跑到哪儿去了?"她咆哮道,但这不是对安德鲁发脾气,而是气恼自己的胡思乱想。

弟弟的眼睛睁得很大,目光里满含悲伤,让她心头一软。平时不怎么爱拥抱的约兰达抱起弟弟,紧紧地搂住他。她感觉到弟弟握紧了口琴。弟弟身上的气味也不太对劲,晚饭前得给弟弟先洗个澡,她想。

"对不起,安德鲁,我不该吼你。"她亲着弟弟的头发说道,"你去沥青坡了吗?下回一定要告诉我,一定要确保我听见了。"

她放下弟弟,帮他抚平外套。雪莉说得对,她确实很爱弟弟。现在危机已经解除,她可以回去找雪莉继续做蛋糕了。

约兰达为安德鲁打开后门等他进去,雪莉正在厨房里把蛋糕切成方块。可这是个什么样的蛋糕啊——跟平装书一样又扁又平。

"巧克力软糖蛋糕怎么变成了这个样子?"约兰达惊讶地问道。现在的蛋糕看起来就像一块大号的饼干。

"我不知道啊,"雪莉悲叹道,"我每隔五分钟就打开一次烤箱门,看看烤得怎么样了。它根本就没变大。"厚厚的镜片后,雪莉的泪水都快要涌出来了,"但是你看,蛋糕针上没粘东西,"她举起蛋糕针,带着绝望的胜利喜悦说,"这个步骤做对了!"

"难怪,"约兰达说道,"多次受风的话,蛋糕就不会膨胀了。除非蛋糕快要做好了,否则千万别打开烤箱门去看。"

她拿起一块蛋糕咬了一口,口感暖暖的、软软的。

"唔,"她开心地呻吟道,"太好吃了!或许我们还是应该把奶油打上去。"她拿起一块递给安德鲁,但他摇了摇头。

雪莉拿起一块,先吹了口气才咬了一口,说:"要我说的话,简直完美,甚至不需要打奶油。"

"咱们可以去餐厅，用瓷盘和餐具吃。"约兰达一边提议，一边又拿了一块逗安德鲁。

"我喜欢待在厨房里，"雪莉津津有味地吃着蛋糕说，"我喜欢看着后院和花朵。"

"说不定咱们发明了一种全新的布朗尼做法呢，"两人在厨房窗户旁的桌子边坐下，约兰达说，"一定要记下来。你说你开了几次烤箱门来着？"

"好像六次吧，"雪莉说道，"要不要把碎蛋壳也记下来啊？"

安德鲁坐在椅子上，看着姐姐和名叫雪莉的女孩一块接一块地吃掉盘子里切开的饼干蛋糕。她们一咬一大口，还发出吃得很香的声音。厨房似乎不是他所熟悉的样子了，黄色的墙壁变薄了，一眼就能看穿，从窗户透进来的光像流水一样亮闪闪的。他像是一个陌生人一般，坐在另一个遥远的地方，看着眼前的一切，既感受不到一丝温暖，也听不见两个女孩的说话声。再也没有需要用口琴吹奏出的声音。他再也感受不到双手握着的口琴，他甚至感受不到双手了。

他从椅子上溜下来，残破的口琴还被他紧紧地抱在胸前。他得找点儿事做。他不知道该做什么，但他想一个人待着。

"回来吃块饼干吧，安德鲁。"约兰达在他身后喊道。

"是饼干蛋糕。"名叫雪莉的女孩用男人似的深沉嗓音说道。她们咯咯的笑声跟着安德鲁爬上楼梯。安德鲁脑海中尚有知觉的部分注意到了这混杂的声音，并把它们储存了下来——约兰达的傻笑充满了大大的泡泡，雪莉咳嗽一样的笑声则像一辆想要在冬天发动的汽车。安德鲁的双手仍然合拢着，像一副棺材般紧紧地裹着被人踩烂的口琴。他走进卧室，躺在床上，把这份沉重压在心口。

就连床都变得不真实了，还有这间卧室。他是个陌生人，像来自另一个世界的外星人。他想，或许只要用某种方式将双手长久地包住口琴，它就会粘在一起，就能好起来。

夜色渐渐笼罩了他的床。他听见妈妈的车开上车道，停了下来。门发出哐当一声响。他脑子里远远地感知到自己应该马上起身，下楼吃晚饭，但他的身体好像动不了，它变得好重好重。然后他就迷迷糊糊地睡着了。

慢慢地，有很多声音钻进他的梦里。"小姑娘！你弟弟在楼上睡觉呢。"他妈妈对约兰达吼道，"他还穿着外套！你就是这样照顾弟弟的吗？还有，我刚才在厨房地板上踩到的黏黏的东西是什么玩意儿？"

他听见约兰达在回答——以老师一般的成年人语气——说什么"招待朋友"。

安德鲁再次迷迷糊糊地睡着了。陷入梦境前，他还想着应该起身，把外套脱掉。

他梦到自己把破碎的口琴埋在了后院的花朵下面。

写作业时，约兰达吃完了剩下的巧克力软糖饼干蛋糕。即使它们还在肚子里咕咕翻腾，约兰达还是爬到了床上。同样的，尽管有一丝隐隐的担忧像沉睡的蚊子般栖息在脑海里，她还是慢慢地睡着了。

半夜时分，那只蚊子醒来，嗡嗡乱叫，她猛地醒了过来。

安德鲁！下午的事情有些不对劲，可是看到弟弟安然无恙，她是那么放心，完全忽视了直觉一直在告诉她：弟弟有些反常。她急着回家和雪莉继续玩，惦记着她们烤的蛋糕——发生了那么多事情，她根本没留心弟弟的状况。

他拿口琴的姿势很古怪，还有他的表情——她见过这种表情。在哪里见过呢？她想不起来了。他的眼睛睁得那么大，却那么空洞。就连他身上都有一股难闻的气味。约兰达屏住呼吸坐了起来。"不！"她忘记给安德鲁洗澡了。

他一口晚饭也没吃。"安德鲁，快看，"妈妈在晚饭时催促道，"你最喜欢吃的玉米，还有苹果酱。你喜欢吃苹果酱。"安德鲁无精打采地坐在餐桌旁。妈妈摸了摸他的额头，说："没发烧呀，可是你看起来不太对劲。"

安德鲁麻木的表情在约兰达的脑海里挥之不去。她怎么能忘了给弟弟洗澡呢？

他坐在餐桌边时没带口琴，单凭这一点约兰达就应该看出他的状态不对。妈妈也注意到了。"你的口琴呢？"她问，"希望别丢了，那是爸爸给你的。口琴不是玩具，安德鲁。"

安德鲁溜下椅子，朝楼梯走去。"赶紧上楼去睡吧，安德鲁，"妈妈对他喊道，"你看起来不太舒服。我一会儿就上去。"

约兰达从床上爬下来，拽了拽睡衣，悄悄走到安德鲁的卧室门口。她在宽敞的走廊里听着动静，却没听见安德鲁睡觉时的呼吸声。她轻轻走到弟弟床前，床上异常平坦。也许他掉到了另一边，正裹着毯子在地上睡呢。然而，另一边也没有人。

"安德鲁。"她轻轻喊出弟弟的名字，然后略微提高了音量——这是在命令他赶紧出来，"安德鲁！"没人回应，只有窗帘轻轻飘动，拂过窗户。弟弟没在卧室里。

她匆匆下楼，蹑手蹑脚地穿过起居室。家里一片漆黑，没有一点儿声音。有时，安德鲁会在凌晨下楼，走进起居室隔开的小房间，坐在泰妮姑妈的钢琴前。他会用手指弹出一两个音符，聆听钢琴的回声。

可现在他不在那儿，也不在起居室临窗的椅子上，那是另一处他喜欢待的地方。

厨房。他正从厨房门走进来，像一道沙沙作响的影子。烤箱时钟的微光映出他的身形，看起来是那么瘦小。约兰达觉得心里充满爱意和宽慰，两种情绪混在一起，汹涌地想要喷发出来。

"你去哪儿了？"她质问道，"你跑到哪儿去了？"

好长一段时间里，安德鲁一句话也没说，只是呆呆地站在那里。无以名状的悲伤充满了约兰达的内心。出事了，出大事了。她在弟弟模糊的身影旁边跪下。他的脸笼罩在一片黑暗中。

"德鲁鲁，你去哪儿了？"她用弟弟很久以前的小名问道。

安德鲁的脑袋挨上她的肩膀，她轻轻抱住弟弟。他的身体只有小小一团。

"外面，"他说道，"花朵那儿。"

"安德鲁，你怎么了？不舒服吗？"她没问弟弟昨天下午放学后是不是出了什么事。她不敢想象在她和雪莉玩的时候，被遗忘的安德鲁会遇到什么事。

她抱起弟弟上楼，让他坐在浴室的毛毯上，在浴缸里放满暖和的温水。她没放泡泡盐，弟弟看起来没有玩泡泡的心情。他乖巧地踏进浴缸，约兰达蹲下来轻轻给他涂上肥皂，嘴里哼唱着温柔的小调给他搓洗。洗完之后，她给弟弟擦干身体，用毛巾裹好，抱着他回到卧室，找出一身干净的睡衣帮他换上。当她给弟弟掖被子的时候，安德鲁转头看向了窗外。她从弟弟的卧室退出来时，他还是那样躺着，眼睛盯着窗外。"晚安啦，德鲁鲁。睡个好觉。"她说。

　　回到自己床上，她终于慢慢睡着了，可是浅浅的梦境仍然纠缠着她：一只怪物跳起了舞，就像《三只山羊》那本图画书里的怪物一样。沥青坡下面有它的窝，芝加哥的女孩们跳双绳的人行道下面也有它的窝。蒂龙的眼睛变成了安德鲁的眼睛，从阴影中看过来。她和雪莉正在摇绳，怪物突然跳进来，双脚跳着"红辣椒"，两只眼睛骨碌碌地转。紧接着，有个人大喊了一声。她的确听见一声大喊，但不是在梦里。

　　她醒过来，那声音仍在耳边萦绕。接着，她听见妈妈在喊安德鲁。可是妈妈从来不会对安德鲁发脾气。或许她还在梦里吧。

　　"安德鲁，马上给我下来！"约兰达赶紧从床上爬下来。

　　"安德鲁，口琴不是玩具。"妈妈这样说过。可是安德鲁从

~64~

没把口琴当作玩具。口琴就像他的双手、嘴巴和耳朵一样，是他身体的一部分。他通过口琴表达自己的想法，口琴象征着他的力量，就像肌肉，就像约兰达庞大的身躯和凝视别人的目光。现在，口琴死了，那几个坏男孩把它砸碎了。通过口琴说话的各种东西，在他身边摇摆、等待、跳跃的各种形状，穿过他的内心、从口琴里冲出来的各种声音，全都被毁掉了。

"安德鲁，马上给我下来！"他知道妈妈发现了埋在郁金香下面的口琴。无处不在的声音，沥青坡的滑板手，姐姐警告的危险，孤单的卡尔，还有那些坏孩子……给妈妈解释清楚这些要花好长时间。他不想迫使妈妈又离开这座城市。约兰达几乎了解他的一切，总会提前发现有可能伤害他的东西，可她现在像个成年人一样忙得不可开交。他原本想把那些男孩的事告诉约兰达，他等着姐姐帮他弄明白出了什么事。可是她没有问。约兰达和妈妈都说他看起来不对劲，但是谁都没有问为什么。

安德鲁觉得嘴里干巴巴的。他轻轻地呼吸，倚着楼梯墙来到楼梯底部。妈妈正站在那里，拿着坏掉的口琴，手上沾满了泥土。平常跃动的声音全都消失不见了，耳朵里只剩下空洞的咆哮，仿佛远处的水流倾泻而下。

约兰达甩甩头,把困意从脑子里甩掉,跟着安德鲁来到楼梯旁。妈妈站在楼梯底部,手里拿着一样东西。约兰达看见弟弟倚着楼梯墙走下去。妈妈从来不会对安德鲁发脾气的,她仔细打量着妈妈的表情。她看见妈妈脸上的怒意减轻、消失,变成了不知所措的担忧。妈妈朝安德鲁伸开手,约兰达看到四分五裂、沾满泥土的口琴。

"唉,安德鲁,"妈妈叹了口气,"安德鲁,我……该拿你怎么办呢?你不用把口琴藏起来的。我不生气。"

"妈妈,怎么回事?"约兰达睡眼蒙眬地问道。

"这样也好,"妈妈无视她的问题,继续说道,"反正学校一直拿这口琴说事。往后你也许就能专心学习了。"

"发生什么事了?"约兰达赶跑睡意,大声问道,"那是安德鲁的口琴?"

"曾经是他的口琴,"妈妈说道,"曾经是你爸爸的,曾经是安德鲁的——现在谁的也不是了。"她转身向厨房走去,"约兰达,安德鲁,换衣服,吃早饭。"妈妈的肩膀似乎被压得垮下了,约兰达听见她又发出了一声长长的叹息。

08

坏掉的口琴

音乐天才怎么会弄坏自己的口琴呢？约兰达反复思考着这个问题。安德鲁的一个老师甚至在学校的走廊里拦住约兰达，问她："安德鲁的口琴怎、怎、怎么了？他、他、他不肯说。"

约兰达刚耸了耸肩，保护弟弟的本能却突然觉醒。这家伙到底是谁？"他在家里还有一支笛子。"她答道。这既不是撒谎，也不算实话。自从"郁金香—口琴"事件以来，她好几天没听见早上的起床音乐了。安德鲁的小笛子没发出过一次声音。

泰妮姑妈在开始教约兰达学钢琴的时候，给了安德鲁那支笛子。起初，约兰达以为安德鲁可能把笛子也弄坏了。也许弄坏乐器是天才们都会有的创意举动。凡·高画了许多普通的事物，人们才得以看到涟漪般一圈一圈的颜色；他失意之下割掉自己的耳朵，然后画了一幅脑袋包着绷带的自画像。她还听说作家们会撕掉不满意的手稿。可是安德鲁不会失意，他从来不去评判自己的音乐，他只是演奏出来而已。有件事约兰达心里很清楚：安德鲁离不开他的口琴。没了口琴，他就像换了个人。

"我觉得这样不行，约兰达。"一天早上，当约兰达问妈妈要钱给安德鲁买新口琴时，妈妈这么答道。约兰达之所以帮忙准备早饭，一方面是因为妈妈要参加早会，但更主要的是约兰达想问她要钱。

"如果他对那么好的乐器都粗心大意，"妈妈继续说道，"那么他就没资格再要新的。"妈妈把鸡蛋搅入做煎饼的乳浆里面，"也许这是他长大了的标志。他以前总是时刻拿着口琴，就好像那是他用来吮大拇指的'安慰毯'，学校里的吉勒莉老师对这事很有意见。"

"安德鲁从不吮大拇指。"约兰达反驳道。

"这不是问题的关键，约兰达·梅。"每当妈妈不想让女儿顶嘴，都会拿"梅"这个中间名当冷酷无情的惊叹号来用，"关键是口琴会影响他专心做课堂作业。请翻一下饼铛。"

"嗯，可是妈妈……"约兰达支支吾吾地说道。

"讨论结束。"妈妈扯下围裙说道。

约兰达绞尽脑汁，想告诉妈妈安德鲁是个天才，可是妈妈急匆匆的，她顾不上论述"真正的天才……将旧的材料重新组织"，只能开门见山，直奔主题。

"妈妈，安德鲁是个天才。"她用老师一般的口吻说道，既认真又从容，"他是个音乐天才。他需要懂得如何培育天才的优秀老师来教。他应该去学吹号或别的管乐器。你没听过他——"

"小姐，你翻饼铛没有？"妈妈正往外拿盘子。"安德鲁就是安德鲁，"她说道，"他是个正常人。"约兰达觉得自己好像听到妈妈的语气里有一丝慌乱一闪而过，但这也许只是她自己想象出来的。那丝慌乱来得快，去得也快，妈妈的语气很快缓和下来，"安德鲁就是安德鲁。他就是个小男孩，一个漂亮的小男孩。你爸爸小时候肯定也长这样，眼睛的颜色像栗子。安德鲁长大后会像爸爸一样，也许他会像爸爸一样去当警察。"妈妈笑着顿了一下，"约兰达，还记得爸爸穿着警服的样子有多帅气吗？个子高高的，肩膀宽宽的，记得吗？他身上的气味总是那么好闻。"

约兰达震惊得说不出话来。警察？安德鲁去当警察？她呆住了。但她还没来得及反对或者嘲笑一句，妈妈就已经在穿外套了。"把吃的摆好，约兰达。"妈妈拿起公文包，"看着安德鲁吃饭。"随后，门哐当一声关上了。

约兰达当然记得爸爸的样子。安德鲁精致的五官和瘦小的身体跟妈妈更像，而她则遗传了爸爸的诸多特征，长得高大又健壮。

"咱家唯一适合当警察的，"她大声对远去的妈妈说道，"是你的女儿约兰达·梅！"

她往饼铛里洒了几滴水，试试温度。饼铛发出令人满意的嘶嘶声。如果是平时听到这种声音，约兰达会不停地流口水。但今天，"安德鲁是个天才"这个沉重的想法压得她叹了口气。她连自己的早饭都不想吃，更别说抢弟弟的那份了。她听见安德鲁轻轻走进厨房，痛苦地想到弟弟的灵气正在逐渐消失——他原本能以全新的方式聆听平凡而陈旧的事物，但现在这种能力变得越来越微弱。她只顾着跟雪莉烤蛋糕而遗忘了安德鲁，愧疚感让她心头一阵难受。她怎样才能重新唤醒那种能力？怎样才能让安德鲁恢复以往的活力？

约兰达首先想到的是用安德鲁的存钱罐里的钱，毕竟口琴是买给他的嘛。安德鲁每周有三美元零花钱，约兰达会替他换成二十五美分的硬币，然后他会把它们叮叮当当地挨个儿塞进自己的大熊猫存钱罐。存钱罐只有一个开口。据约兰达估计，安德鲁的大熊猫存钱罐里加起来有一百五十美元的硬币。

但最终，约兰达还是打开了自己的存钱罐，从里面拿出总计八美元的纸币和硬币。她依稀记得爸爸说过，大概五美元就能买一把上等的口琴，而她把通货膨胀导致可能涨价的情况也考虑在内了。

马利乐团口琴已经停产了吧，她心想，不过能不能买到，得去看看才知道。

妈妈说过"不再买口琴"，可是安德鲁死气沉沉的表情压在约兰达心头，无法排解。约兰达一直没机会跟妈妈细说安德鲁是个天才。既然妈妈不肯听，女儿没听她的话也不算过分了。

约兰达攥着牛仔裤口袋里的钱，等着开往商场的公交车。他们真的应该留在芝加哥。在那里，她知道怎么照顾安德鲁和自己，不用交朋友，而且每隔五分钟就有一班公交车。

这趟公交车实在等得太久，她有两次都差点儿放弃计划走回家了——已经往回走了半个街区。她几乎没有直接违背过妈妈的话，总是会跟妈妈讲道理。她受不了现在这种偷偷摸摸的感觉。

然而，公交车一到站，她就上了车，脑海里一直是安德鲁麻木的表情。她坐在座位上，手里汗津津地抓着口袋里皱巴巴的纸币和硬币，心里想着，没有了口琴的安德鲁被禁锢在了一个怎样的牢笼里呢？约兰达的决心更加坚定了，她要帮安德鲁重获自由。

大商场里有许多店铺，有的设在室内，有的设在室外。这天是周六，买东西的人、随便看看的人，还有一群群小孩，把整个地方挤得水泄不通。

克雷斯吉商店里卖的玩具口琴很小，只有四个孔，售价两美元九十八美分，看起来很不结实，而且没有塑料包装，谁都可以拿起来吹几下，弄得上面全是口水。安德鲁不需要沾过别人口水的口琴，可是要用沸水消毒的话，这里的口琴又好像禁不住那样的折腾。

接下来她去了玩具乐园，在一排排堆满玩具的货架之间找来找去。

"有口琴吗？"约兰达对睡眼惺忪的售货员大声问道。售货员是个女孩，年纪估计比约兰达大不了多少，她建议约兰达去第二十二排看看："乐器类可能在右手边。"

约兰达在木琴和一组华而不实的小鼓中间找到了口琴。这里的口琴倒是有盒子，而且包着玻璃纸，但是售价四美元九十八美分。"多花两美元买个盒子。"约兰达心想。这里的口琴跟克雷斯吉商店的一模一样，也只有四个孔。玻璃纸上印着几个红字：小音乐家玩具口琴。还不如用沸水给克雷斯吉商店的口琴消毒呢，约兰达心想。但她知道，这两种口琴都取代不了安德鲁原先的那个。她此刻才意识到，爸爸给弟弟的口琴竟然那么好，安德鲁能用它吹出好多种音符。

那是一件真正的乐器，约兰达心想。随后，她明白哪里能找到合适的口琴了。每次坐车经过贝克莫大街，安德鲁都会眼巴巴地望着斯特勒乐器商店的展示窗。可是那儿距离广场购物中心有两千多米远。她买了几根糖果棒，方便路上补充体力。

人行道走到一半就没了。嚼碎的焦糖汁水丰富，舌头上满是甜味，但很快就吃完了。这鬼地方真不方便。密歇根的人大多数都开私家车，公交车很少，而且约兰达除了从家到商场的公交车时间表和路线之外，其他的一概不知。她觉得自己这么一路走到贝克莫大街，肯定会被累死。

斯特勒乐器商店的橱窗里挂着一组亮闪闪的鼓、低音提琴、便携式键盘，架子上摆了一把萨克斯管。它们摆放得很自然，就好像音乐家演奏完一曲，把它们随意放下，中场休息去了。约兰达推开店门走进去，眼前突然一亮。

墙上挂的吉他让人感觉像是置身于一场音乐盛会。她从没想过吉他竟然可以有这么多种尺寸、形状和颜色。键盘、鼓、乐谱架、架子上的号，还有一把巨大的低音号，这些都摆放有序，把店内的空间分隔成一排一排的。

"我想看看你们家的布鲁斯口琴。"约兰达觉得这个名字比"口琴"更专业,便如此说道。

"哪一种呢?"一个面色和蔼、留着灰色长发的售货员问道。

约兰达等着售货员继续说下去。她不知道自己需要的是哪种口琴,但她明白,等待有时候会让人心生不安,因此往往会提出有益的建议来打破沉默。

"几个孔?二十孔吗?你想要半音阶口琴吗?什么调的?"

现在她不得不回答了。"十孔的,"她说道,"C调,马利乐团。"

售货员面露喜色。"最好的入门款之一,"他说道,"当然啦,是和莱公司生产的。好口琴大多是他们做的。"他从店铺中间的柜台后面走出来,"你要C调的,对吧?"

约兰达跟在后面,露出得意的微笑。

口琴就在眼前,跟安德鲁原先的那个一模一样,不过更闪亮,而且完好无损,放在一个有天鹅绒衬布的小黑盒子里。

"多少钱?"约兰达问道。

"十九美元。"

约兰达屏住呼吸,把尖叫声压在心里,问:"如果不要盒子呢?"

"哦，盒子是免费的。"售货员微笑着说。

"哦，我想也是。"约兰达丧气地说，接着又补充道，"我是买给我弟弟的，他是个天才，音乐天才。您能给天才打折吗？"

售货员的笑容消失了，似乎是觉得既惊讶又有趣。"一般不打折，"他慢慢说道，"但是你什么时候能带他过来吹吹看，我或许能便宜五美元。"

这下轮到约兰达惊讶了："啊？您是老板吗？"

"算是吧，"售货员说，"而且我喜欢听新音乐。"

约兰达叹了口气，"我不知道能不能带他过来。自从原先的口琴坏掉后，他变得有点儿古怪。那把口琴跟这把一样，也是马利乐团的。"

"这样吧，你交点儿订金，"售货员说道，"等他精神好一些再带他过来。"

"先给您八美元，"约兰达从口袋里掏出钱，"剩下的我得回家取。"她把钱放在柜台上，补充说，"给我开个收据吧。"

售货员盯着那堆零钱。

"一分不少，"约兰达说道，"我数过两遍。"

"好吧。"售货员说着，从衬衣口袋里掏出一支笔，写下"今收到马利乐团口琴订金八美元"，然后把收据递给约兰达。

"再写上待付六美元整，"约兰达把收据还回去说道，谁也别想糊弄她，"这条别忘了。"

"我不会忘的，"售货员说，"但是我想听听你弟弟吹口琴，这点你也别忘了。"他一边说，一边在收据上补写道，"天才表演后待付六美元含销售税。"

"快点儿，"约兰达对他说道，"我还得赶公交车呢。"

出了店门，约兰达依然能够感觉到灰发售货员透过宽敞的窗户注视她的目光。她昂首阔步，炫耀似的大摇大摆地走了。

当天下午，约兰达回到家，发现安德鲁独自坐在钢琴旁。

"妈妈呢？"约兰达坐在弟弟旁边的凳子上问道。可能去买东西了，她心想。

"买东西。"安德鲁说道。

约兰达轻轻抚弄光溜溜的钢琴键。钢琴有一种她无法掌控的力量。自从离开芝加哥，没有了泰妮姑妈的激励督促，约兰达就没练习过几次。

"泰妮姑妈的钢琴被你彻底浪费了，约兰达，"妈妈常说，"可惜啊，她非要咱们搬过来。泰妮以为你会练习呢，约兰达。要充分利用你灵活的双手，不能只用它们往嘴里喂饭。"

约兰达坐在安德鲁身旁,抬手打开了乐谱。那是莫扎特的奏鸣曲,曲子本身非常简单,只有第一乐章有两个震音特别难弹,看上去让人犯怵。她可以慢慢适应节奏。她掰掰手指,让血液流通到手上,然后又弯了几下,这才慢慢按出音符,开始弹奏。她按照泰妮姑妈教的方法放松呼吸。乐谱上的音符开始飘进她的脑海,再从她的指端迸发。这样的体验很少出现,感觉很美妙。安德鲁轻轻地靠在她身上,一点儿都没惊扰到她。弹到复杂的震音处,她稍微放缓了速度。第一乐章结束,她停下来,叹了口气。然后,她伸出胳膊搂住了安德鲁瘦小的肩膀。

"安德鲁,"她对着弟弟的头顶轻声问,"你为什么弄坏口琴呢?"

她感觉弟弟的身体僵住了。她用手指挠挠弟弟的头发,像他小时候坐在她怀里那样,在弟弟的头皮上画着圈。安德鲁哭了起来。

她慢慢地想明白了。

"口琴不是你弄坏的,对吗?"她既宽慰又惊讶地问道,这就说得通了,"是别人弄坏的。"宽慰消散,变成了更沉重的愧疚。

安德鲁点点头,脑袋埋得更深了。约兰达的脑海里闪过各种可能性,然后停在了某个画面上。

"沥青坡？"她问道。

安德鲁点点头。

"大孩子们？"

安德鲁点点头。

"不是你的小伙伴卡尔吧？"

安德鲁使劲摇头。

不，不会是卡尔，她心想，也不会是那个叫巴克斯顿的家伙。

"杰拉德？穿白衬衫的男生？"

安德鲁摇摇头。

"'那伙人'！是'那伙人'中的一个！"

安德鲁一动不动。

"是'那伙人'，对吗？那帮坏初中生的其中一个？"

"三个，'那伙人'。"安德鲁挪开身体说道。他竖起三根手指，一脸的委屈和失意。

怒火在心中腾起的同时，约兰达想到，如果弟弟的口琴还在，他肯定会吹出专属于他们的音乐。

09

新口琴

学校才刚刚放学,"那伙人"却早已坐在高高的水泥桥墩上,俯视着环成碗状的沥青坡。几个滑板手正往这边走来,有的胳膊下面夹着滑板,有的用手指勾着轮轴。有人带来一个音箱,大声播放着重金属音乐。在接下来的一个小时内,小孩们会陆续到来。

桥墩上,阿漏像只昆虫一样弓着身子,提心吊胆地坐在那里,大猩猩则蹲着。罗米拉斯·福斯特悠闲地半躺着,两腿搭在墙上,像个尊贵的王子。他穿着漂亮的黑色紧身运动服,带有黑白条纹的绿色网球鞋来回晃荡着。

约兰达从远处就看到了他们——他们经常在沥青坡附近晃悠,绝对错不了。就像一群贪婪的秃鹫,她心想。约兰达感觉到安德鲁胆怯地不肯往前走，于是握紧了他的手。

"没事，安德鲁。你待在树旁边。"她仍旧需要半拽着才把他领到了树旁边。"看见卡尔了吗？"她松开弟弟的手说道，"你朋友在这儿呢。"

她说得没错，卡尔就在沥青坡一处平坦的地方。他正踩着板面磨损的滑板冲出去，斯托尼·巴克斯顿在旁边看着。巴克斯顿竟然抢安德鲁的朋友？路过巴克斯顿时，约兰达忍着满肚子火气瞪了他一眼，但是他根本没注意到。"卡尔，别盯着自己的脚。"她听见斯托尼喊道。

桥墩上的"那伙人"还保持着原来的姿势。约兰达上了一整天课，对他们的怒意本来已经有所缓和，但是在走向那三人时，她的怒火被重新点燃了。她知道安德鲁正在沥青坡另一侧的树下看着。约兰达认为，弟弟必须到场看着，这是在替他报仇，是让他找回自我的计划的一部分。约兰达没有回头看向弟弟，她正在积蓄力量。她开始随着自己的脚步哼唱不成调的曲子，双拳握住又松开，松开又握住。她打量着三个大男孩，对付他们的策略逐渐成形。大猩猩最蠢，也是身体最强壮的。

走到桥墩前，她并没有停步，而是迅速抬手，一把抓住罗米拉斯·福斯特摇摇晃晃的脚踝，猛地一拽，把他从坐的地方拉了下来。罗米拉斯又惊又疼地大叫一声,瘦削的屁股直接摔在沥青地面上。

大猩猩怒吼一声,起身朝她跳去——对此,她早有预料。大猩猩刚起跳,她就直冲过去,把他从半空中推向沥青地。谁都别想惹约兰达,除非他们想脑袋开花。

在大猩猩落地的瞬间,约兰达一把抓住他一侧的胳膊肘,向着他另一侧的肩膀扭去。大猩猩失去平衡,摔在地上,发出一声惨叫。

"我找你朋友谈点儿事。"她朝大猩猩恶狠狠地说,"如果你除了愚蠢的脑子之外,没有别的武器,我劝你乖乖待着别动。"汗水顺着她的脸淌下来,身上的衣服早已湿透了。

这时,阿漏从墙上跳下来,打算堵住她的去路。约兰达直视着阿漏,发出一声冷笑,用袖子擦了擦脸。

"你想推倒我?"她佯装进攻,阿漏吓得直往后退,"让开,不然我像碾蚂蚁一样碾碎你。"

约兰达转身面向罗米拉斯,他正努力挣扎着想要站起来。"坐下!"她把罗米拉斯重新推倒在地,一只手按在他的背上。罗米拉斯疼得眉头挤成一团。

"别再找我弟弟的麻烦,否则我会好好给你点儿颜色看看。"

她手上施加力气，身体往前凑过去，凝视着罗米拉斯的脸，"别再惹我弟弟，也别惹他的朋友。听见了吗？"

她伸手抓住罗米拉斯·福斯特黑色紧身运动服的前襟，把他拽起来拉到面前，然后用力甩了甩头，汗水像大颗盐粒一样砸到他脸上。罗米拉斯的脸涨得通红。

"你弄坏了我弟弟的口琴。那把口琴值三十五美元。你有三十五美元吗？"这个问题像摇摇晃晃的绞索一样令人心惊胆战。

虽然暂时获胜，但她知道必须做到永绝后患。于是，她平静而又冷酷地说出了更多唬人的话："我有些朋友，就在芝加哥，他们可不好惹。你这种不入流的家伙，他们动一动手指就够你受的。"

"吹牛。"罗米拉斯·福斯特喘着粗气，逞强地回应道。但是约兰达看得出来，他被唬住了。她松开罗米拉斯的外套前襟，罗米拉斯急忙一瘸一拐地往后退去。

"吹牛吧你。"他一边壮起胆子说着，一边瞥了大猩猩一眼。此刻，大猩猩已经奋力坐了起来，一只手抱着另一只胳膊。罗米拉斯又扫了一眼阿漏，只见阿漏站在旁边观望。于是，罗米拉斯提高嗓门儿说道："我要是你，以后走路会小心点儿。从今往后，你可要防着身后。"

"没错！"阿漏附和道。

"就是！"大猩猩哇哇地叫道。

"没问题，小子们。"约兰达说，"我后背跟内心一样宽阔，一样危险。"说罢，她优雅地转身离去，仿佛一艘巨轮驶过水面，回到树下面色苍白的安德鲁身旁。除了约兰达自己，谁都不知道她全身抖个不停。

斯托尼·巴克斯顿目睹了这一切，表情既有些高兴，也有些吃惊。

"你真厉害啊，姑娘，"他说道，"真的厉害。"

"嗯。"约兰达说。她不想停下来跟斯托尼多说话，以免影响高调退场的效果。她不愿放慢凯旋的步伐，也不想让斯托尼注意到她在颤抖。

可她还是停了下来。斯托尼的目光里满是敬佩。那眼神充满喜悦，毫无戏谑，完全不同于蒂龙。英雄凯旋必然要荣誉加身，约兰达心想，或许这就是我应得的荣誉吧。她发现沥青坡的所有活动仿佛都按下了暂停键，只有音乐声还在轰隆隆地响，可惜已经无人关注。卡尔一只脚踩着滑板，站在那儿一动不动。沥青坡上一切都停止了。约兰达慢慢停止了颤抖。

"他们自找的，"她说，然后故作端庄地垂下眼帘，"我迫不得已。"不知道自己身上的香水味能否遮住汗味，"他们欺负我弟弟，我弟弟是个难得的音乐天才。"

"唉，"斯托尼严肃地说，"你可能给自己惹了一堆麻烦，他们有靠山的。"

"我也有。"约兰达重复了一遍自己的谎言，以加深给他人的印象，以防斯托尼是来打探的。凡事小心为上，她对自己说。

斯托尼却露出微笑，说："这几天我挺想你弟弟的，他的演奏确实能帮我集中注意力，比重金属音乐管用多了。"约兰达看到他冲自己眨眨眼，她希望他的目光里有欣赏的意思。

接着，她对斯托尼讲了"那伙人"弄坏安德鲁口琴的事。"那把口琴是从我爸爸那儿继承来的珍稀古董。"她从口袋里掏出一张皱巴巴的旧手帕，优雅地擦掉脸上的汗水。

斯托尼朝她身后看了一眼。"他们走了。"他说，"如果他们找你麻烦，告诉我一声，二对三总比一对三强一点儿。而且，我不能让你比我威风。"斯托尼伸出精瘦的右胳膊，耸了耸运动员一般线条流畅的肌肉。

约兰达感觉自己脸上绽放出一个灿烂的笑容。她优雅地挥挥手，后退几步，转身看向弟弟。她再也不会把安德鲁忘了，无论她玩得多开心。

她听见滑板轮的辚辚声、脚踩地面的摩擦声，沥青坡再次恢复了生机。

"走吧，安德鲁，"她走到树下说道，"咱们去见一个人，你的新口琴正等着你呢。"现在开始进行计划的第二部分：把弟弟散落的精神碎片拼起来。

安德鲁脸上不断闪过奇怪的表情。约兰达试图让自己的语气缓和下来。注意点儿，她对内心冒冒失失的自己说，平心静气，要照顾弟弟低落的心情。可是时间不等人，还有更艰难的任务等待她去完成。

这一次，她查了开往贝克莫大街的公交车时刻表——每小时只有一班。再拖下去，她就得违背妈妈的话了。那种不熟悉的偷偷摸摸的感觉再次渗透她的全身，之前从安德鲁的大熊猫存钱罐拿钱的做法更加重了这种感觉。当她把拆信刀塞进存钱口，看着硬币顺着刀滑出来时，她一直这么安慰自己：对于安德鲁而言，钱只不过是能发出悦耳声音的东西而已。

"走吧，安德鲁。我都安排好了。"她弯腰凑近弟弟，"来吧，德鲁鲁，口琴要靠你自己争取，这可不是免费的。"

安德鲁不知道姐姐要带他去哪儿。约兰达提到什么口琴——不是坏掉的那把，不是里面藏着音乐的那把，不是有时会先于他的思想说话的那把。姐姐想让他自己争取。他只是有那么一点点担心，毕竟，约兰达从未做过任何伤害他的事情。

公交车开了好久。安德鲁发现约兰达时不时地看手表，还不耐烦地抖着腿。每次公交车停下来让乘客上车，她都会发出恼怒的嘶嘶声。她还在出汗，汗水顺着她的脸直往下淌。

也许她还在生气呢，安德鲁心想。姐姐刚才在沥青坡的样子，他以前从未见过——她像蝙蝠侠一样打败了那些坏孩子，比蝙蝠侠还威风。他从没见过姐姐发脾气的样子，但是他丝毫不觉得惊讶。他从不怀疑约兰达能解决任何问题。她一向什么都不怕。他脑海里浮现专属于约兰达的音乐——猛烈、震撼的爆炸声。他需要另一种乐器来表达——鼓，或者号，两种一起最好。什么乐器能发出咆哮声呢？

公交车到站了，安德鲁欣喜地发现，自己最喜欢的商店就在眼前。他开心地看着展示橱窗。架子上摆着一把圆圆的号。这把圆圆的号能发出咆哮声吗？他觉得不能。

约兰达推开巨大的玻璃门。"那个长头发可能不在，不过我有收据。"姐姐一边掏牛仔裤口袋，一边嘟囔着。

安德鲁盯着挂满吉他的墙壁,又看了看放着各种笛子的玻璃柜,那些笛子都比他的那支大。一个大架子上摆了一把超级大的弯弯的号,看起来就像约兰达,安德鲁觉得它肯定能发出咆哮声。

"这就是那位天才吗?"灰发及肩的男人笑着凑近安德鲁。安德鲁怒气冲冲地瞪着他。天才,又是这个他不喜欢的名号。

他想对男人说他叫安德鲁·布鲁,可是他的嘴突然很想念原先的口琴,那把被他埋在花园里妈妈的郁金香下的口琴,那把"死去"的口琴。它在哪儿呢?

紧接着,他看见那个男人递过来一样东西。

"您从哪儿弄来的?"安德鲁又惊又怕地问道。

那是他的口琴,只不过有人把它修好、擦干净了。满脸微笑的男人拿着口琴递给他。

安德鲁的胃里一阵翻腾,耳朵里鼓噪着弱不可闻的空洞声音。紧接着,他心里升起一种奇怪的感觉,仿佛墙上挂的、角落里架子上摆的和玻璃柜里装的乐器全都在等着他。

"安德鲁,你只要吹上一段,就能得到这个宝贝。"约兰达看着他说道,"要吹好听的,别吹和弦。吹《午夜旋律》[①]里的曲子,

---

① 《午夜旋律》是1986年上映的一部音乐电影,讲述了一位爵士乐音乐家的故事。

吹《辛普森一家》①的主题曲，吹煎培根的声音也行。"

约兰达等待着，满脸微笑的男人手里拿着口琴，也在等待着。其他的乐器都在等待着。空洞的嗡嗡声钻进安德鲁的耳朵。

"安德鲁，"约兰达焦急地说，"我们没时间了，公交车要开走了。咱们不能等一个小时坐下一班，我还得在妈妈回家之前打扫卫生呢。想要这个口琴，你得先吹一段。来吧，吹给他听。"

嗡嗡声越来越响。

约兰达从售货员手里拿过口琴，塞进安德鲁手里，催促道："快吹！"

安德鲁手里的口琴冰冷僵硬，只是木头和金属，根本没有魔法，里面没有声音。

约兰达的脸色变得更难看了，说："安德鲁！别耍小孩子脾气。快吹！"

安德鲁看着口琴。他喘不过气，喉咙里只剩下一丝微弱的气流，连通过木孔发出低语都不够。周围的一切都在等着他，空气变得稀薄了。

"我真该更加凶狠地教训那群小子！"约兰达咆哮道，"他们

---

① 《辛普森一家》是1989年出品的一部美国动画情景喜剧，至今仍未完结。

把你彻底毁了，安德鲁。"她猛地转身朝门口走去，"把口琴还给他，把我的八美元要回来。我去路口让公交车等一下。"她跺着脚走到门口，"我真该狠狠教训他们！"

等等！安德鲁在心里喊道。他本能地把口琴举到嘴边，用嘴唇和舌头触碰着新的木孔，手指抚摸着光滑的金属，大脑搜寻着以前活在木头和金属里的声音。

等等！口琴发出尖叫，等等！救救我！约兰达猛地停住，转身慢慢朝他走回来。

安德鲁用舌头润湿木头琴身，哭泣声钻进木孔，从口琴里迸发出来。紧接着，一阵悲愤的声音激荡在整个房间里。

"哇！"售货员大喊道，"我的天！继续吹，小家伙！"

等等！安德鲁的口琴大声喊道，等等，等等。咿呀咿呀哟！

"口琴归你了，小家伙，"售货员拍着双手赞叹，"你和这把口琴真是天生一对。"他转头对约兰达说道，"小妹妹，你欠我六美元。"

约兰达重重地松了口气。"是时候了。"她咕哝道。

约兰达从一堆硬币里数出六美元时，安德鲁一直看着口琴。他感觉自己的脑袋像个气球，轻飘飘的，随时都可能飞走。他目不转睛地盯着口琴，仿佛它是能拴住自己的锚一般。

~89~

"盒子也拿去吧。"售货员对安德鲁说着,伸手递过来一个黑色的小盒子,露出真诚的微笑,安德鲁立刻对他充满信任。安德鲁觉得自己的脑袋开始飘回来了。

"这是用来干什么的?"安德鲁问道。

"可以保护你的乐器,就像它的房子一样,防止它被损坏。"

"哦。"安德鲁说。他的乐器。他接过盒子打开,小心地把亮闪闪的口琴放在天鹅绒衬布上。合上盖子时,盒子发出咔嗒一声——安全了。

坐在回家的公交车上,约兰达说:"安德鲁,你看,这件事我还没想好。"她叹了口气。

安德鲁等着她继续说下去。

"但是你注定要有一把口琴。也许这是老天的旨意,也许是你的基因决定的,也许是星星决定的。谁知道呢?"她咬着指关节说道。

"也许是因为爸爸。"安德鲁说道。他只隐约记得一个弯腰看着他的大个子身影。家里人跟他说过口琴是从哪里来的。

"嗯,也许是因为爸爸。"约兰达说道,"妈妈不知道你离不开口琴。我原以为她知道,其实她不知道。她爱你,但是她看不出你是个天才。只有特别聪明的人,才能看出谁是天才。"

公交车轰鸣着行驶在路上，安德鲁等着约兰达下面的话。他知道约兰达很聪明，那么天才显然是一个好词。

　　"我还没想好，安德鲁，"约兰达重复了一遍，"也许妈妈在家的时候，你还是不要吹口琴了。不，这不行。你想什么时候吹，就什么时候吹吧。"

　　她这话是什么意思呢？天才要保守秘密吗？他要很勇敢吗？他用两只手轻轻握住盒子里的口琴。这是他的乐器。他在脑子里听到了"勇敢"发出的声音，可他不敢吹出来。

10

泰妮姑妈

泰妮姑妈要来了！真是一件大喜事！约兰达帮妈妈把泰妮姑妈的专属座椅从地下室搬出来，又把双人沙发挪到墙边给它腾出地方。姑妈的椅子特别大，约兰达坐上去都显得很瘦小。

妈妈对姑妈要来这件事兴奋不已，起初根本没注意到安德鲁的口琴。安德鲁也不再时刻把新口琴塞在屁股口袋里。约兰达听见他偶尔会在卧室里吹一两声。早上，他会把口琴装在盒子里，带着它来吃早饭。买来大概一周，安德鲁有一次拿出口琴，对着温暖的厨房吹出像是椅子被人往后拉的声音。约兰达当时正在往嘴里送一勺麦片，她当即停下动作，静静地等待着。可是妈妈每天早上都忙忙乱乱的，匆忙出门的时候似乎没留心口琴的声音。

不过到了晚上，妈妈在炉灶前炸鸡肉时，她终于想起了安德鲁和口琴的事，于是径直朝正在餐桌前写作业的约兰达走来。

"安德鲁从哪儿弄来的口琴？约兰达·梅，回答我！"

约兰达早就想好了怎么回答："斯特勒乐器商店，就是那个很大的商店，里边有个卖乐器的家伙，他听见安德鲁吹口琴，就给我们大减价了。"这基本是真话。

妈妈惊讶得张大了嘴："你说什么？"

"那个人特别懂音乐，"这也是真话，"他坚信安德鲁是个天才。"在真话的基础上稍做夸张。适可而止吧，约兰达告诫自己，再说下去，她可能就要编毫无根据的瞎话，或者把实情全抖搂出来了。妈妈恐怕接受不了所有真相——关于"那伙人"，等等。天知道她会带姐弟俩再搬到什么土里土气的地方。

妈妈双手叉腰，直愣愣地看着约兰达说："你再说一遍？"

约兰达厚着脸皮，摆出无辜的表情，"妈妈，我拿了一些自己存的钱，也从大熊猫存钱罐拿了一些，然后带安德鲁去了斯特勒乐器商店。我想乐器商店能让他心情好一点儿。"

妈妈皱了皱眉。

"他们那儿有口琴，马利乐团口琴，跟爸爸的一模一样。"约兰达狡猾地补充道。

妈妈的表情缓和下来。"好吧，"她说，"我挺怀念安德鲁吹的那些古怪的小曲子呢。"她笑了笑,"但愿他能保管好这一个。"

约兰达偷偷地深吸一口气。违抗命令的危机过去了,她感到片刻的宽慰。

可是在随后的一周里,对泰妮姑妈来访的喜悦被一种毒雾般萦绕不绝的糟糕感觉削弱了。身为安德鲁的保护者,身为能看得出谁是天才的睿智女孩,她没有扮演好自己的角色。没错,她是揍了"那伙人"一顿,而且她发现自那以后,"那伙人"似乎跑到街对面的公园去了。约兰达明白,他们不想再惹出事。

学校里的孩子们现在望向约兰达的目光,全都带着敬畏。有时,她能感觉到他们在扎堆小声议论自己。几个家伙故意在走廊里用胳膊肘推推她,敬佩之意几乎溢于言表:"干得漂亮,约兰达。"

约兰达谦虚地点点头。直觉告诉她千万别得意忘形,事情闹大了不好收场,逼得"那伙人"报复可就坏了。可是赶走罗米拉斯·福斯特和他的手下并没有对安德鲁产生太大作用。她辜负了弟弟,也辜负了自己。

安德鲁虽然有了新口琴,却不再像以前那样经常使用它。大多数时候,他都把口琴装在盒子里,有时也会塞进口袋里。即便把口琴从盒子里拿出来,他吹出的声音听起来也犹犹豫豫的。有几个早晨，约兰达听见他用笛子吹起床音乐，但那问候声也不似以往的清脆悦耳，而是有些磕磕绊绊。

弟弟被毁了，她心里想着，因为我没有尽到责任，弟弟彻底被毁了。随后，她又努力想要把这个想法从脑子里赶跑——天才怎么可能随随便便就被毁了呢？

她可以跟泰妮姑妈聊聊，告诉她安德鲁是个天才，说说真正的天才会将旧的材料重新组织，使之变成新的东西。也许姑妈知道怎么让弟弟恢复如初，让他的音乐重归纯净。但是要不要说她有整整一个下午把弟弟抛在脑后这件事呢？泰妮姑妈总是认为约兰达近乎完美，说出来之后，姑妈会不会对她失望呢？

泰妮姑妈很有魄力。她在芝加哥不同的区域开了三家赫赫有名的美发沙龙，取名"潮流发艺"，尤其擅长给非裔美国人设计优雅而耗时的造型以及经典发型。无论城市还是郊区，全芝加哥的黑人男女都会到她的沙龙做头发。"找泰妮做造型去。"他们总是这么说。《黑人》《米拉贝拉》和《时尚》杂志上有许多模特的新颖发型都是由泰妮姑妈设计的，正如广告上所说：潮流发艺，完美发型。据说，连著名的脱口秀主持人奥普拉都去过密歇根大街的"潮流发艺"理发店。

泰妮姑妈以前常说自己是非裔美国女商人，如今则变成了

"非裔美国创业家"。一切时尚新服饰、新发式，或者任何新的自我称谓，她肯定都知道。"跟你说实话，"泰妮姑妈最喜欢瞪大眼睛说，"许多风格都是由我开创的，所以我才知道。"说完，她会发出奶油一般浓郁的大笑，好听得让人食欲大增。

"不，"大概一个月前，她在跟约兰达通电话的时候说，"别把钢琴搬回来。你留着吧。我买了一架新钢琴，白色的，很大，超级大。总有一天我要抽时间弹几下。"接着她哈哈大笑，"首先我得抽时间学学怎么弹。"

泰妮姑妈只会弹钢琴曲《筷子》，还有为数不多的爵士和弦，但是约兰达知道，早在她大把挣钱之前，家里就摆着一架钢琴，而这正是约兰达学弹钢琴的原因。"公寓里摆着这么一台大家伙，"约兰达刚刚七岁那年，泰妮姑妈说，"总得有人用呗。"

这个人就是约兰达。每隔一天的下午，泰妮姑妈请的一位上年纪的老师会来教约兰达弹钢琴。

在芝加哥时，约兰达有段时间梦想成为伟大的音乐会钢琴家，可是她打心眼儿里不喜欢弹琴。她只练会了几首莫扎特的曲子，好弹给泰妮姑妈听。泰妮姑妈只知道莫扎特这么一位古典作曲家，也只喜欢这一位。听史蒂夫·雷·沃恩[①]、萨拉·沃恩[②]和尤比·布莱克[③]的间隙，她会听听莫扎特，哀叹道："他们如今都跟莫扎特一样，不在人世了。"

约兰达近来弹起莫扎特的曲子手生了许多，所以她开始疯狂地练习。她反复弹奏那首带两个高难度震音的莫扎特曲子，试图找回几周前安德鲁坐在她身旁时那种放松感。她还想在泰妮姑妈进门的时候弹一首入场音乐，只是不确定要弹哪首。要跟妈妈和安德鲁去接机吗？还是待在家里为盛大的欢迎礼做准备？

一天下午，雪莉过来玩。她蓝色的大眼睛骨碌碌地转着，目光里满是期待。约兰达站在门口，犹豫着该回屋里弹钢琴还是跟雪莉去游乐场。突然，她看见雪莉得意扬扬地背着一卷打了好多结的旧绳。这个女孩还真是不会轻易放弃。

"你打算去哪儿？爬山吗？"约兰达用满是讽刺的语气问道。

"没错，"雪莉答道，"我打算去爬'双绳山'呢。你去吗？"

答得不错，约兰达心里想着，嘴上却说："不去，我得练钢琴呢。"

[①] 史蒂夫·雷·沃恩（Stevie Ray Vaughan）是一位美国布鲁斯吉他手。
[②] 莎拉·沃恩（Sarah Vaughan）是美国二十世纪爵士乐坛三大天后之一。
[③] 尤比·布莱克（Eubie Blake）是美国二十世纪一位爵士乐钢琴家。

"哦,"雪莉伤心地说道,"要不明天?"

"就你那破烂玩意儿,根本没办法跳双绳,摇不起来的。雪莉小姐,小心直接从'双绳山'上摔下来。再说了,我得多练练琴呢。"

雪莉沉默了一会儿,又说:"我再去弄一根好点儿的。"

"得比这玩意儿好上一百倍才行。要两根绳子,正规尺寸的。"

"哦,这个好办,"雪莉说道,"小事一桩。"她转身朝人行道走去,旧绳子从她肩上散落,拖在身后。

约兰达突然觉得被人抛弃了,很孤单。

"喝可乐吗?"她在雪莉身后喊道。

"不喝,"雪莉答道,"明天见。"

"等一下,"约兰达喊了一声,慢慢走向雪莉,装出毫不在乎的样子,"我确实要练钢琴。泰妮姑妈下周五要来,我得给她表演。来吧,喝点儿可乐。我有些心里话想跟你说。"

"是吗?"雪莉高兴起来,"好啊,朋友不就是这个作用吗?"她把绳子扔到门边,跟约兰达走了进去。

约兰达拿出妈妈的两个精美玻璃杯,在里面放入冰块,拧开两瓶冷藏的可乐倒了进去。两人在餐桌边坐定,约兰达把"那伙人"和安德鲁的口琴的事一股脑儿讲了出来。雪莉听得一会儿大气也不敢出，一会儿又大呼小叫。约兰达夸张地讲了她跟罗米拉斯·福斯特等人的那场大战之后，雪莉又是鼓掌，又是尖叫。

"千万别跟其他人说我揍了福斯特。"

雪莉安静下来。

"我正尽力把这件事压下去，我可不想再来一遍。"约兰达说。

雪莉一脸认真地看着约兰达，说："我在学校听到一些闲话。有人说你拿着棍子，还有人说你用了在芝加哥学的空手道。你说的是真的，对吗？"

"我干吗说谎啊？"话刚出口，约兰达就顿住了。她在"双绳"这件事上确实说了谎。关于安德鲁的口琴，她对妈妈说的也差不多算是谎言。"拿着棍子太傻了。总之你可以去问那个斯托尼·巴克斯顿。"她看着自己的可乐，用手指戳着冰块，"他看到了整个过程。他当着我的面说：'你真厉害啊，姑娘。'"

"啊，不是吧！"雪莉惊呼道，"你怎么回答的？"

两人喝着可乐，约兰达给雪莉讲了自己和斯托尼·巴克斯顿的对话，说到他精瘦的胳膊肌肉，还把他说的话重复了一遍，又加上几句他没说而约兰达觉得他想说的话。两人又聊起了学校里的其他男生——长得帅气的，呆头呆脑的，还有那些惹人讨厌的。聊着聊着就到了六点,约兰达的妈妈开车向车库驶来。而此时,约兰达还没谈到"心里话"——安德鲁正在消散的天赋,并且钢琴也一点儿没练。

"我明天一定得练琴了,"她在门口对雪莉说,"泰妮姑妈下周就要来了。她很有名气的,她认识奥普拉·温弗瑞。"

"哇!"雪莉说道,"我真想见见她啊。"

"看情况吧,"约兰达轻描淡写地说道,"看我们有没有时间。她可能想给我们做头发什么的。"

看到大眼睛雪莉一脸敬佩和艳羡的表情,约兰达很开心。目送朋友拖着那捆破旧的绳子回家,约兰达告诉自己,明天要早起,在上学之前练一会儿钢琴。

泰妮姑妈虽然是爸爸的姐姐,但约兰达的妈妈却和她亲如姐妹。然而看到妈妈在之后的一周里高兴得晕头转向,约兰达还是有些吃惊的。约兰达以前并未留意,现在想来,妈妈似乎在这个小镇上没有交到任何朋友,反正她一个都没见到。原来妈妈这么孤单,约兰达惊讶地想,她可是个成年人啊。姑妈到达的前一晚,约兰达烤了一个蛋糕,妈妈用花朵做了装饰,还用红色糖霜在上面写了"泰妮"两个字。

当看到妈妈在车里塞满了气球时,约兰达决定一起去机场接泰妮姑妈。

"泰妮一定会很惊喜吧?"妈妈兴奋地喊道。妈妈变得像小孩一样,约兰达心想。不过满车的气球让她轻松做出了决定——拿着一把气球迎接姑妈一定超级有趣。

"你和安德鲁多拿一些,我也拿几个,"妈妈说,"泰妮一定会很开心。"

在机场休息室里,他们透过玻璃墙看到泰妮姑妈庞大的身躯从通勤飞机狭小的舱门挤出来,走上看起来颤颤巍巍的廊桥。她走进休息室的场面堪称壮观:她独占了走廊,手镯叮当作响,丝巾翻飞出深深浅浅的紫色。

看到一簇簇气球,这位光彩照人的女士发出了甜美的笑声。她伸出一只精心修剪过指甲的胖手,一下子把气球全接了过去,手指上的大颗紫水晶戒指熠熠生辉。

"他们不得不把我安排在那架小破飞机后排的三个连座上。"她自夸道。她的脸像气球一样圆乎乎的,光滑无比,妆容堪称完美。约兰达抱了抱姑妈,她身上一如既往地香气袭人。

然后,约兰达把安德鲁推到前面,让他也享受一下泰妮姑妈的拥抱。泰妮姑妈把安德鲁搂在身旁,摸了摸他帅气的小脑袋。

安德鲁把手伸进屁股口袋，握住了装在盒子里的新口琴。

"赶紧让我洗个澡，乔茜。"泰妮姑妈对妈妈说，她用最新一期《黑人》杂志扇着风，头顶上的气球随着她的动作微微晃动，"你的浴缸能装得下我吗？"

"哎呀，泰妮，你真漂亮。"约兰达的妈妈也拥抱了这位光彩照人的女士，"见到你，我才明白自己有多想家。你气色真好！"

"赶紧带我去洗澡吧，乔茜。"泰妮姑妈催促道。

不过，他们还得在行李传送带旁等泰妮姑妈的行李。安德鲁提着她的红色化妆盒，约兰达拉着带有小后轮的红色大行李箱，泰妮姑妈则优雅地拿着气球。气球在她的丝巾上方飘动，仿佛是她服饰的一部分。

"瞧瞧我这头发，泰妮，"向车子走去时，约兰达的妈妈抱怨道，"这儿的人手艺都比不上你。"

"我这不是来了嘛，亲爱的乔茜。"泰妮姑妈说道，"行家在此，一定能把你变得漂漂亮亮。"

泰妮说着停下脚步，倚着一辆车休息，低头看着约兰达。

"长高了，"她说道，"你在往上长呢，约兰达。我侄女快长得像她爸爸那么高了。"

回家的路上，约兰达和安德鲁坐在塞满气球的后排。"这些气球怎么办呢?"约兰达问道。

"不如放飞吧?"泰妮姑妈大气地指指车窗,"装饰天空——那儿可比车里宽敞多了。"

"会害死小鸟的!"约兰达和妈妈同时喊道。"它们会被绳子缠住的。"妈妈补充道,"我们可以留着循环利用。至于现在,就让它们在泰妮的房间里飘吧。"

"啊,太让我惊喜了!"泰妮姑妈说着,把手伸向后排,拍了拍气球。

气球相互摩擦,发出轻柔的嘭嘭声和吱吱声。安德鲁心想,要吹出气球的摩擦声,或者拴气球的绳子缠在一起的声音,还有鸟儿飞过的声音,那得用笛子才行。

回到家,约兰达从车里冲出去,抢在泰妮姑妈从车门挤出来之前,坐在钢琴旁弹奏起来。

约兰达选择了瓦格纳的《婚礼进行曲》。

她从不吊儿郎当。
指甲涂得红又亮。
有请泰妮姑妈,
闪亮登场。

泰妮姑妈确实从不"吊儿郎当",这是约兰达的妈妈形容不靠谱的人时用的词。泰妮姑妈特别靠谱。

当天晚上可谓饭菜丰盛,宾客尽欢。他们尽情地吃着塞满黄油小豌豆的皇冠烤羊排、蜜烤红薯,还有妈妈最拿手的核桃果仁酱橘子沙拉。

安德鲁认真地看着眼前的一切。自从搬来这里,他从没见过妈妈这么高兴,笑得这么活泼。

吃到一半,妈妈和泰妮姑妈异口同声地唱了起来:"请你别走!以爱的名义……"

安德鲁不可思议地看着妈妈和泰妮姑妈各自举起一只胳膊,伸过餐桌,互相指着对方。歌声从她们口中倾泻而出,就像一串泡泡同时迸裂开来:"请你别走!以爱的名义,不要伤我的心……"

安德鲁从盒子里取出口琴,给她们的歌声加上和弦:不要伤我的心……

就像过去那样,吹奏的动作自然而然地发生了,但吹出的声音传入耳中,他听出了其中的差别。口琴发出的声音并没有像以往那样,从他口中婉转地飞出来,向前飞去,带出一波又一波的乐声,而是被一堵无形的墙拦住,像破碎的冰碴儿一样扑面折返。他把寒意吞进身体，呼吸变得困难。抵着嘴唇的木孔干巴巴的，毫无生气——它们只不过是没有灵魂的木孔罢了。

约兰达用奇怪的眼神看着他，她一定知道木孔死了。安德鲁垂下脑袋，把口琴放回天鹅绒衬布上，然后非常小心地扣上盖子，没有发出一点儿声音。

后来，他们挪到起居室，放起了唱片。妈妈打开一瓶香槟——吱吱吱，嘭，嘶嘶嘶嘶——安德鲁又一次把手伸向屁股口袋，却只是用手握住那个鼓鼓的盒子。他们放大音量，音乐舒缓又动听。"不管发生什么事。"泰妮姑妈起身伴着音乐摇摆，踩着小碎步轻轻转身。她已经洗过了澡，披着一件红黄相间的织锦长袍。随着她的摇摆，长袍像落日的余晖一样闪耀变幻。接着，她呼出一口甜蜜的香气，伸手把安德鲁搂进宽阔而柔软的怀抱，带着他一起舞动。

安德鲁挣来挣去，泰妮姑妈的拥抱把所有声音都闷住了。他想大声说，我能自己跟着音乐跳，我是个大孩子了。他强忍着才没喊出来。

约兰达突然说："泰妮姑妈，跟我跳吧。"

安德鲁感激地溜到地上，急忙跑向墙边的双人沙发。

妈妈手拿高脚香槟酒杯，也跳起舞来。她嘴里哼唱着，眼睛看着自己的双脚轻快挪动。

姐姐跟泰妮姑妈面对面。约兰达脚步轻盈，靠膝盖带动全身，膝盖以上的身体晃来晃去，像是大红灯笼在微风中飘动。她高高扬起脑袋，不像妈妈那样看着双脚。

安德鲁感觉自己心里满满的，专属于约兰达的音乐在里面沸腾。他拿出口琴，吹奏出专属于约兰达的声音。这音符更为低沉，和着旋律在木孔中不停地穿梭。

约兰达转头看着他笑了。多么灿烂的笑容！什么样的乐器能表现这样的笑容呢？

音乐节奏加快了，泰妮姑妈气喘吁吁地跌坐到椅子上，妈妈倒在了另一张椅子上。

约兰达独自起舞。她调皮地摆动脚跟，手指在空中挥动。哪种乐器呢？哪些乐器才能展现出这么棒的姐姐？

当天夜里，安德鲁躺在床上，用笛子轻轻地吹出低低的乐声——约兰达的脖子强健而光滑，脑袋高高地扬起。可是这笛声还需要鼓声支撑。他用脚咚咚地踩着床架，这下好多了。然后，他吹奏出约兰达的膝盖和上半身晃动的样子，接着尝试用笛子吹出约兰达甜蜜灿烂的笑容，但怎么也吹不出来。他停止吹奏，认真地思索起来。

或许口琴可以？或者口琴和笛子一起。小提琴怎么样？他以前从未想过自己需要其他乐器。他希望有人能和他一起演奏，就在这一刻，他明白自己必须学会乐谱上的那些黑色符号，这样别人才能演奏他脑子里听到的各种声音。

11

姑妈大显身手

泰妮姑妈有一个让人既喜欢又害怕的习惯：她要是觉得你的发型不顺眼，一定会把你的头发收拾到顺眼为止。她在安德鲁的后脑上理出"爵士"的英文字样，然后又给他剪了一个改良版的平头。

她让约兰达坐在厨房里，抓了抓侄女浓密的头发，拿出一个装满剪刀、发油、卷发棒和直发棒的红色拉链包。约兰达坐在高脚凳上，身上围着一条床单，手拿一面小镜子，以便时不时地看看效果。

门铃响的时候，泰妮姑妈刚把约兰达浓密的头发分成一绺一绺的，正在给每一绺抹上香气扑鼻的发油。约兰达的整个脑袋上全是闪闪发亮的黑色螺旋。她昂首阔步地走去开门，发卷随着步伐晃来晃去。

雪莉站在门口,既惊讶又羡慕地看着约兰达的头发,赞叹道:"哇!兰达,是你吗?你是怎么把头发弄成这样的?"

"我跟你说过,"约兰达觉得雪莉的问题很蠢,不耐烦地解释道,"泰妮姑妈来了。"

"真好看!"

约兰达甩甩头,发卷弹起又落下。

"我都能想到咱们跳双绳时你头发跳动的样子了!"

约兰达这才注意到雪莉肩上背着一捆新绳子。一大捆绳子。

"兰达,我查了正规尺寸是多少,"雪莉兴奋地说,"图书馆里有好多关于双绳的好书呢。"

"不行!"约兰达说。

"不行?什么不行?"

"不跳绳。不摇绳。不玩双绳。什么都不行。"她大声喊道。

"可是咱们烤蛋糕时配合得挺好的呀,跳绳肯定也可以。我有这种感觉,兰达。"她的嗓音从低沉变得沙哑。

"我叫约兰达,不叫兰达。烤蛋糕一点儿都不好玩。你在我们家烤箱旁边欢呼雀跃的时候,我弟弟被人欺负了。"

"但欺负你弟弟的不是我,约兰达。"雪莉突然变得严肃起来，瞪大眼睛说道，"是我提醒你他不见了。"

"你是说都怪我自己吗？"约兰达心里骤然腾起不可名状的怒火，"你觉得是我让这一切发生的吗？你觉得是我毁了安德鲁吗？"

"我没有这么说。不，约兰达。我没说过这样的话。"

"说来说去，烤蛋糕根本就是在傻乎乎地浪费时间。双绳比烤蛋糕更傻。而且，这儿没有一个人会跳，练摇绳有什么用？我才不会浪费时间。"

雪莉情绪低落，任由绳子从她的肩膀向下滑去。然而她固执地继续说道："你是说你不想跟我做朋友吗？我以为我们会成为最好的朋友。"

"最好的朋友？"约兰达咬牙切齿地说道，语气里满是嘲讽，"我自个儿麻烦就够多了，我也不需要什么最好的朋友。"

"人人都需要一个最好的朋友，约兰达·梅·布鲁。你也需要，但不是我。肯定不是我。"雪莉用苍白的手把绳子重新扛上肩膀，挺直瘦瘦的小身板，走下门廊。

约兰达站在门口，怒火慢慢平息下来。好吧，她怀着可耻的满足感心想，这下没人打扰我了，那个叫雪莉的女生太烦人了。可是，难过的情绪也越来越浓。

约兰达回到厨房,泰妮姑妈一脸好奇地看着她问道:"约兰达,那是你朋友吗?"

"她是个白人。"约兰达说。

"答非所问。"泰妮姑妈说。两人沉默了片刻,这沉默在安静的厨房里显得尤其沉重。约兰达不安地动了动。不得不说,她之前从未在意过雪莉的肤色。有时候,她觉得她们在别人看来可能很可笑,就像巨人歌利亚和小个子的大卫①,庞大威武的女孩和她娇小玲珑的朋友,但是她从没想过雪莉是"白人女孩"。

"不是,"约兰达最后说道,"我在这个破地方一个朋友都没有。"

"太可惜了,亲爱的,"泰妮姑妈说,"你应该请她进来,趁我给你妈妈做头发的时候,你也帮她做一下。"

一时间,约兰达想跑出去追雪莉,请她回来。约兰达想起她挺直瘦小的身板、迈开大步离去的情景。要跟她道歉吗?约兰达想起雪莉嘴角下垂、大眼睛难过地眨个不停的样子。那样会显得我像个傻瓜,约兰达心想。

"谢谢提醒,但我不会去的,"她对姑妈说,"我还得练习莫

---

① 歌利亚是传说中身材高大、力大无穷的巨人,在战斗中被牧童大卫用投石器击中头部而败。

扎特的曲子呢。"

可是她并未走向钢琴，而是靠在厨房柜台上，看着姑妈施展高超的手艺，希望能借此把坏心情赶走。

泰妮姑妈正在给约兰达的妈妈"大显身手"。她松开妈妈一丝不乱的大发髻，用手指把长发捋成弹簧似的发束，然后从妈妈光洁的高额头上分出一缕刘海儿，修剪好后拉直，正好露出一只眼睛，显得有些俏皮。泰妮姑妈把妈妈一侧的头发分好层次并剪短，看上去活力十足，另一侧则留得长一些，衬得妈妈很俊俏。

约兰达对此保留意见。妈妈已经是一位母亲了，而且是职业女性，怎么能留这种俏丽的发型？妈妈已经不是年轻女孩子了，还从刘海儿下往外窥视什么呢？

泰妮姑妈在梳剪的过程中一直不让约兰达的妈妈照镜子，妈妈则欣喜地眯着眼等着。约兰达坚信，等妈妈睁眼看到自己傻乎乎的样子，一定会不高兴的，至少也会觉得有些难为情。

泰妮姑妈把妈妈脑后的头发编成了一层又一层细细的辫子，让它们顺着后背铺展而下。她还在辫子中间随手编上了一些串珠。

这下显得更轻佻了，瞧瞧那头发，约兰达心想，小串珠还亮闪闪的。但姑妈的巧手确实让她目瞪口呆。

"哇，泰妮！"妈妈终于拿到了镜子，镜子里的自己一点儿也没让她困窘，"这是我吗？我好漂亮啊！"她大喊着跳起来，抱住了泰妮姑妈。

"扶我坐下，"泰妮姑妈用一块刺绣手帕擦着脸上的汗水说，"老天，可把我累坏了。"

在"潮流发艺"，泰妮几乎很少亲自上手招待顾客，只有特殊顾客，比如明星，才能劳她大驾。她雇用顶尖发型师给人做头发，自己则四处走动，提些建议，跟人聊天，看顾客是否满意。

"老天，真把我累坏了。"她重复道，"能让我这么卖力的人可不多。"

"让约兰达再给你烤一个蛋糕，烤她最拿手的蛋糕，泰妮。你想吃哪种？"欢迎泰妮姑妈的蛋糕昨晚就被吃完了。

"啊，"泰妮说道，"那太好了。一会儿就吃吧。可是你太漂亮啦，咱们今晚应该出去放松一下。不过在此之前，我们先带孩子们出去吃晚饭吧。"

约兰达喜欢出去吃饭，此时却用非难的眼神盯着越来越兴奋的妈妈。

"我都好久没出去吃过饭了，泰妮，自打从芝加哥搬来就没出去过。我可以穿上我的黑色纺绸裙子，戴上金项链。"

约兰达哼了一声。估计还要喷好多香水呢，约兰达不情愿地想道。

然而，在安排晚上的活动时，妈妈的热情动摇了。这个小镇根本没有可去之处。

"市中心有家舞厅，但除非遇上节假日，否则大家都穿得很随便。这里唯一的大酒店有屋顶餐厅，可是——"妈妈咯咯地笑起来，"下面正对着火车站和别克汽车专卖店，吃的东西都不新鲜。"她又大笑起来，泰妮姑妈也和她一起笑。

"干脆去乡村俱乐部吧，"泰妮姑妈说，"这儿总有乡村俱乐部吧？"

"我这身打扮太优雅了，不适合去那儿。"妈妈说，"现在去哪儿都不适合，只适合去高雅的场所。"她悲伤地嘟囔道。

"高雅？"约兰达哼了一声，"这个破地方能有什么高雅的场所？"约兰达的心情开始好转，她的优越感回来了。这里的一切都让人不顺心，她的坏运气就是从这里开始的。来到这里后，她放松了警惕。而在芝加哥时，她对一切都能应付自如。在芝加哥那股意气风发的感觉涌上心头，让她对这座城市的寒酸嗤之以鼻。

"路口买不到烤板栗，"她嘲弄道，"杂货车也不卖德芙巧克力——卖的都是些便宜货。"约兰达说个不停,她觉得泰妮姑妈是支持她的,"在这土里土气的乡下,孩子们听的都是口水歌。他们根本不会跳任何一种双绳。"

对芝加哥的思念占据了她的心,把她对新地方的好感抹得一干二净:环境良好的图书馆,最好的老师约翰科斯基,刚刚断绝关系的好朋友雪莉,斯托尼·巴克斯顿,以及打败"那伙人"的胜利。

她阴郁地回想着以前生活在芝加哥的乐趣:车水马龙的街道,琳琅满目的商店,广阔的密歇根湖,湖岸上宏伟的酒店一家挨着一家。沙滩,船舶,格兰特公园里盛放的凤凰花和玫瑰花,还有那儿的喷泉,简直是全世界最壮观的。到了夜里,五彩的灯光打在用木栅栏隔开的一条条水带上,灿烂无比。啊,对了,还有美食!如果找对地方,那真是又好吃又便宜。这破地方没什么好吃的,好多东西根本就没有。

"还有,妈妈,这儿也有坏孩子,就跟芝加哥一样……"

"跟芝加哥不一样,约兰达·梅,"妈妈突然严肃地说,"在芝加哥,安德鲁这种个头儿的小男孩会受欺负,午餐会被人抢去,网球鞋会被人偷走。"

口琴会被人弄坏。想到这儿,约兰达的食欲迅速消退。

可是妈妈还在说着:"在这座城市里,早上能安心跑步,不用带着防狼喷雾,也不用在皮带上别着棍棒。你可以尽情呼吸这里的空气,鼻孔里总是干干净净的。"

泰妮姑妈打断了妈妈的话:"乔茜,你该回老家看看啦。六月份布鲁斯音乐节时回来一趟吧?"

约兰达心里腾起一阵久违的喜悦和希望——哦,妈妈,快答应啊,妈妈。

"这……"妈妈支支吾吾地说。

"你需要一些来自芝加哥的滋养,亲爱的。"泰妮姑妈断言,接着哈哈一笑,"你需要呼吸那里健康的脏空气。"

妈妈起身走到花园窗前。"没错,"她说道,"我渴望时尚!我要去尼曼百货参加春季大促销。我要去逛萨克斯第五大道精品百货店。我要吃芝加哥比萨。"她转身面向泰妮姑妈,"我要周日早上去拉什街,跟那些打扮入时的人一起在外面吃早饭。我要坐在艺术博物馆的台阶上,跟那些雅皮士[①]、嬉皮士[②]和艺术学生一起欣赏艺术。我要体会车窗全黑的捷豹汽车和加长轿车给我带来

[①] 雅皮士指西方国家中年轻能干有上进心的一类人,他们大多受过高等教育,工作勤奋,追求物质享受。
[②] 嬉皮士指西方国家中推崇自由主义、反对中产阶级主流文化的一类人。

的甜蜜的嫉妒。"

妈妈顿了顿，看着约兰达说道："之后——我要回到这里。"

为这个欢庆之夜打扮完毕的妈妈，跟原先简直判若两人。柔软的黑色纺绸裙子从她匀称纤细的腰部一层层地垂下，腰间束着一条黑色缎带，皮带扣闪闪发光。她的发型十分张扬，串珠亮晶晶的。

"不许穿牛仔裤，约兰达·梅，"她说道，"如果不想穿裙子，你可以穿其他裤子。侧边有条纹的墨西哥裤子怎么样？上面配我的大号海盗衫。"妈妈说个不停，"把安德鲁的礼服衬衫找出来，他也要穿漂亮的裤子。"

约兰达很喜欢这件海盗衫飘逸的袖子和后面的裙摆，但妈妈只在特殊日子才让她穿。她欣赏着镜子里那个卷发闪亮的大块头姑娘——她真漂亮。她抬起胳膊，海盗衫的袖子落下来，堆成一叠。镜子里的漂亮姑娘对她报以微笑。

泰妮姑妈身穿一件宽松的白色大号连衣裙，外面围了五六条红色、金色的披巾，手镯叮当作响。"不能让你们两位美人影响我的盛大出场。"她说。

为了不辜负精心挑选的盛装，他们决定去酒店的屋顶餐厅吃晚饭。

"点牛排、羊排或鳟鱼肯定没问题,"约兰达的妈妈连带流苏的精美菜单都没翻开,就直接告诉泰妮,"这些才是新鲜的。花里胡哨的那些,全都是冷冻的。"

约兰达发现邻桌坐着三个西装笔挺的男人,他们用欣赏的目光看着妈妈,低声说着话;电梯里也有个男人一直想跟妈妈对视。服务生对妈妈露出灿烂的笑容,领他们入座的时候也一直对她笑。他还回来问她餐桌位置"是否合您心意,女士"。然后又回来帮她在膝盖上铺好餐巾。妈妈虽然没有微笑,却浑身散发着光芒。

那三个男人停止用餐,看着他们这一桌。当你打扮得漂漂亮亮,别人在欣赏的同时,也会不断尝试搭讪,这一点挺烦人的。而妈妈又是那么动人,她的举止一点儿都不像妈妈,甚至不像约兰达认识的任何一个人。妈妈成了一个漂亮的陌生人,就像著名的歌手和演员戴安娜·罗斯,把他们全撇进了她荣光后的阴影之中,约兰达心想。

约兰达说要去趟洗手间。在经过那三个男人的餐桌时,她凑过去说道:"她是一位母亲。就是你们盯着看的那个人。她是一位母亲,也是一位职业女性。她很少像今天这么打扮。"

不等三个吃惊的男人回应,她镇定地走进门厅,走向标着

"洗手间"的门。

在洗手间里，约兰达想起自己给那几个男人造成的惊讶，不禁窃笑起来。她忍不住哈哈大笑，笑声拍在冰冷的粉色瓷砖上，又反弹回来。"我一定要告诉雪莉。"她咯咯笑着大声说。雪莉一定也会跟她一起大笑的。紧接着，她突然想到，雪莉估计再也不愿和她做朋友了。

约兰达用香气四溢的粉色肥皂在手上打了一遍又一遍，最后冲干净泡沫。她冲镜子里的姑娘抖抖头发。她的发型真是"杰作"。"你什么都不懂，"她对着镜子里朝她噘嘴的姑娘咆哮道，"你以为你是谁？"

总而言之，这一晚过得还不错。透过桌边的窗户，他们看着雨丝落下，火车从下方驶过。那是开往芝加哥的火车，约兰达心想。小镇上灯光闪烁，黑黑的街面上映着湿漉漉的反光。牛排火候恰到好处，大号甜点餐车上的甜点供他们随意挑选。

从酒店离开时，约兰达心想，我们是幸福的一家人——幸福美满的一家人。门童为他们拉开大门，目送他们离开。

12
米老鼠的小脚丫

泰妮姑妈明天一早就要走了,约兰达只能趁今天这个周日堵住她,跟她谈谈安德鲁的事情。

去教堂做礼拜,在湖边一家餐厅吃早午饭,这两项活动已经耗去了半天时间,剩下的半天她大概要给泰妮姑妈弹奏莫扎特的曲子。约兰达担心自己这次弹不好那两个复杂的震音。先做哪一件事呢——弹莫扎特,还是谈安德鲁?她心里七上八下的,感觉仿佛要赶去某个地方。

妈妈正在厨房里忙着给鸡填馅料,那将是他们的晚饭。安德鲁在楼上走来走去。约兰达听见他卧室里传来的笛声——他在反复吹奏同一个乐段。泰妮姑妈似乎正在她的大椅子里打盹儿。约兰达蹑手蹑脚地经过时,姑妈眯着眼睛嘟囔了一句:"约兰达,是不是该弹莫扎特了?"

该弹可怕的震音了。泰妮姑妈把椅子往上升了一点儿,说:"我从这儿就能听清。"

约兰达知道,自己坐在小隔间的钢琴前,姑妈也能看到她。她盯着琴键。破罐子破摔吧,她心想。然后,仿佛奇迹一般,她想起要甩甩手,让手指的能量流通。她先弹了几个音符热身。"给这个大家伙松松筋骨。"她告诉姑妈,希望能把姑妈逗笑。没有人笑,她感觉到姑妈正在等待。于是,她开始弹奏。

说简单也不简单,说难也不难,第一个复杂的震音她弹得有些磕磕绊绊,但第二个比较顺利。一曲终了,泰妮姑妈鼓掌喝彩。

"弹得真不错,约兰达——个别地方有些放不开,但是真的好听。不一定要是天才,也能弹得让人听了开心。"

这就来了。姑妈提起了话头!

"泰妮姑妈,我不是咱们家的音乐天才,"约兰达急切地喊道,"安德鲁才是咱们家的天才。你应该听听他的演奏。"

泰妮姑妈哈哈大笑。"那个小不点儿?天才?"她对约兰达温柔地笑了笑,"蒂斯,就是你爸爸,常常夸口说安德鲁是史上年纪最小的口琴大师。"她越过约兰达的头顶向远处望去,"那个小家伙总是在一边吹来吹去。那小家伙呀，比一颗糖豆大不了多少，我没怎么注意过他。"

约兰达开始讲述安德鲁能用口琴吹奏老西部电影的配乐，能吹出《辛普森一家》里男主人公荷马·辛普森的声音，能模仿播音员的声音。她说安德鲁能吹出煎培根时的吱吱声，能模仿汽车的声音，以及芝加哥的小孩们在外面打架的声音。她说安德鲁会吹起床曲，并且引用约翰·赫西的话，说"真正的天才，会以前所未见的方式，将旧的材料重新组织"。

听到这儿，泰妮姑妈开口了："照你这么说，我看我也算是个天才。血脉相承嘛。"她自顾自地笑了，"那个小不点儿？我明早倒想听听他的起床曲。"

"问题就在这儿，泰妮姑妈。"约兰达急得快要哭了，"他吹得不好听了。"约兰达把安德鲁遭遇"那伙人"、口琴被弄坏，还有安德鲁埋口琴的经过和盘托出，但没讲自己和雪莉玩得不亦乐乎而忘记了弟弟这回事。

"我觉得……"趁约兰达喘口气的工夫，姑妈说，"看来安德鲁有许多事情要解决。他的音乐绝对不会跟以前一样。你知道，伟大的萨克斯管演奏家查理·帕克曾经说过'只有亲身体验过，才能演奏出来'。"

泰妮姑妈凑近约兰达说:"颠倒过来也是一样的,亲身体验过,就一定要演奏出来。我想,安德鲁正在等待自己的新声音。"

约兰达大失所望。她原以为跟泰妮姑妈谈完之后能减轻心头的负担,她想问问姑妈接下来该怎么办,想知道怎么才能让弟弟回到过去的状态。我搞砸了,她想大声喊出来,我吊儿郎当,我丢下了安德鲁,我跟雪莉撒谎说我会摇双绳。可是她说不出口。

泰妮姑妈拍拍约兰达的手,安慰她道:"别灰心,亲爱的约兰达。错不在你。"

错就在我!约兰达想要喊出来。这又是一个机会。她现在可以坦白,然而她屏住了呼吸。

"安德鲁会好起来的,等着瞧吧。我们的天才最坚强了。"泰妮姑妈费劲地站起来,"吃一小块蛋糕吧?"

机会稍纵即逝,约兰达松了一口气。绝不能让她敬慕的姑妈知道自己辜负了弟弟。那样于事无补,她绝不能冒这个险,以免被泰妮姑妈看轻。而且,毕竟她也没撒谎。

周一早晨六点,泰妮姑妈已经收拾完毕,准备出发。她没有选择坐飞机回芝加哥,而是租了一辆豪华轿车,还雇用了随车司机。这样要比坐飞机多花两个半小时,但她觉得即使坐"小不点儿飞机"的时间很短，也受不了再来一遍了。约兰达大为失望。她想看着泰妮姑妈的飞机飞上天，想象姑妈像个大明星一样坐在后排的三个座位上，由专人驾驶员开着飞机飞过天空，飞回芝加哥。

泰妮姑妈带着满身的香气抱了抱约兰达，说："别这么垂头丧气的，约兰达。再过几周你就可以回老家啦，那时咱们再好好庆祝。"

豪华轿车又大又舒服。"这才更符合我的风格。"司机替泰妮姑妈打开门时，她说道。她透过车窗露出一个大大的、令人愉悦的笑容。随后轿车载着她驶远了。

泰妮姑妈一走，家里似乎冷清了许多。约兰达收拾餐盘时磨磨蹭蹭的，所以一切收拾妥当之后，她不得不带着安德鲁急匆匆地跑去公交站。

到了学校，约兰达的发型引起了轰动，许多人在走廊里回头看她。约翰科斯基老师说约兰达"无比迷人"，斯托尼·巴克斯顿则一脸欣赏地盯着她。

"嘿，"他说道，"不错呀。"

之前不怎么注意她的女生都围在她身边，又是"哦"又是"啊"的，问能不能摸一摸她那光泽照人、弹性十足的卷发。

只有雪莉躲着她。

午饭时，在吵闹的餐厅里，约兰达挨着雪莉，扑通一声在桌边坐下。

"我说的是最好的朋友，"约兰达说道，"我的意思是我不信有最好的朋友。"约兰达觉得自己的视野开阔了，变得受欢迎了，也变得慷慨大方起来，"放学后来我家吧？"

雪莉警惕地瞧了瞧约兰达，说："我去不了。"

"哦，是吗？怎么回事？"

雪莉的表情难以读懂。"我被禁足了。"她说道，眼睛骨碌碌地转个不停。

"不是吧？"约兰达问道，心里涌起一股敬佩之情，"你干了什么事？"

雪莉垂下眼帘，扭头看向别处，说："我剪了我妈妈新买的晾衣绳。"

"这……啊，"约兰达惊讶得支支吾吾起来。唉，怎么会这样？真是太疯狂了。"你太傻了。我跟你说过'不行'。难道我没说吗？"

"你叫我找正规尺寸的绳子。我查了查，想尽办法给咱们弄来了正规尺寸的绳子。"

这姑娘真是一根筋啊，为什么她总惦记着跳绳呢？一段记忆突然在约兰达心头闪现——两个女生站在芝加哥的校园里,默契地摇着绳。那样的情景,她唯有羡慕的份儿。

约兰达拿出老师的姿态,语气里充满威信,说:"你得长高点儿,块头再大一点儿,更强壮一点儿。绳子是不是正规尺寸没关系,但是你的尺寸不合适,咱们怎么可能一起摇绳呢?还有,说句不好听的话,我不知道咱们有没有默契。"

雪莉转头看向约兰达,失望得满脸通红。"你这么霸道,"她轻声说道,"我们怎么可能有默契?你不愿意,我们怎么可能有默契?"她愤怒地喊出来,含糊不清的声音提高了许多,"你根本就是在找借口。别想了!都别想了!"

她抓住书包,把它从几乎没动过的午饭餐盘边拽过去,跑开了。

约兰达惊讶地看着她,摇摇新做的卷发,朝餐厅里四处张望,想看看是不是有谁注意到了这场争吵。邻桌的几个女生盯着这边,约兰达朝她们耸耸宽阔的肩膀,无奈地笑了笑。

她们也报以微笑。等她们继续聊天、吃饭之后,约兰达叹了口气。此刻,她才感觉到自己心里空落落的。她拉过雪莉的餐盘,开始吃剩下的食物——冰冷的薯条和咬了几口的汉堡,喝完了只剩一点儿热气的牛奶。

泰妮姑妈来访的影响力一直伴随安德鲁来到学校。坐在小小的书桌前，他想起妈妈在姑妈身边是多么不同寻常。就连约兰达也跟平时不一样，她看起来变得娇小了，也更安静了。

他想起一家人在泰妮姑妈来的第一个晚上一起跳舞的样子。妈妈像学校里的女孩子一样咯咯笑个不停，泰妮姑妈红色和金色相间的长袍轻轻飘动，约兰达灵活的双脚带动她的身体。无论是口琴的声音，还是笛子的声音，都表现不出约兰达跳舞的情景。大大的圆圆的号也许可以，他心想。他需要又圆又大又好听的声音来描绘约兰达的舞姿。

约兰达打架的样子呢？他在卧室里用口琴练习了像鲨鱼出击那样既迅速又果断的声音。

他得学着写乐谱。他喜欢音符的样子，比字母好玩多了。有的音符长得像黑色的脚，仿佛米老鼠细细的腿上穿着鞋子；有的鞋子是透明的；有的根本没有腿。瓦茨老师知道各种发出不同声音的乐器。他给安德鲁布置了一项音乐字母作业，比如"A是手、手、手风琴[①]"。

当天晚上，安德鲁从报纸上找到一张小提琴的图片，把它剪

[①] 手风琴的英文为 accordion。

了下来。他翻翻《黑人》亮闪闪的书页，又找到了小手鼓和钢琴的图片。

第二天，他把这些图片拿给瓦茨老师看。瓦茨老师非常喜欢小提琴、小手鼓和钢琴的图片。

"咱们聊聊小手鼓，"他说道，"小、小、小手鼓。"

安德鲁看着瓦茨老师在黑板上画出一个大大的字母B。

"看见这两个鼓了吗？"他指指字母B身上挂的两个半圆说，"B是小手鼓①。"

安德鲁在四线格练习纸上一遍又一遍地画出字母B。

小手鼓。约兰达的舞姿中可以有小手鼓的声音。

安德鲁停止写字母B。这不是他想要的字符。他想学写小脚丫一样的符号，像米老鼠的小脚丫一样的符号。他抬头看着瓦茨老师。

瓦茨老师在安德鲁身旁的小椅子上吱吱嘎嘎地坐下来，两个膝盖挺得高高的。好像蚱蜢，安德鲁心想。他脑海里传出笛子的低沉声音。

"安德鲁，怎么了？"瓦茨老师问，"你不想学写字吗？"安德鲁急切地点点头，表示想学，瓦茨老师可以教他。瓦茨老师伸

---

① 小手鼓的英文是 bongos。

手去拿桌上的作业本，但是安德鲁用手按住老师修长的手指。

"不要这些。"他说道。

他从小圆桌前站起来，信心满满地走向钢琴，伸手取下乐谱。乐谱很重，他把它紧紧抱在身前，轻轻放在小圆桌上，然后翻开摊平。

"我要这些，"他说道，"我要学写'小脚丫'。"

瓦茨老师把额头埋在了手掌里。安德鲁忐忑地等着瓦茨老师的答复，他似乎不想帮忙。

"哪只'脚丫'说敲大鼓？"安德鲁问道，"哪只'脚丫'说该吹大圆号？"

瓦茨老师抬起头，突然对安德鲁笑了一下。"安德鲁，坐下，"他说道，接着又哈哈大笑，"你想知道的东西，这些'小脚丫'是没办法告诉你的。另一种符号才会告诉你该敲鼓还是吹号。"

他从小椅子上站起来，伸直胳膊舒展全身，发出一声舒服的叹息。"嘿，安德鲁，我的小伙计，"他说道，"咱们有好多要学的呢。这得花很长时间，很长、长、长时间。但是我相、相信，希望就在眼前。"

他弯腰轻轻把手放在安德鲁的肩膀上："明天记得把口琴带来。"

安德鲁抬头对老师笑了笑，拍拍屁股口袋，一切尽在不言中。

13

又见芝加哥

约兰达在后座浅浅地打着盹儿。妈妈新买的二手车发出轻轻的嗡嗡声，让她备感安心。她无事可做，要么看书，要么困了睡，睡了醒。

打包、装车，一遍又一遍地跑回家里取差点儿遗漏的东西，整个过程的兴奋感像旧日的梦一样被撇在身后，他们终于踏上了前往芝加哥的旅程。

约兰达曾经尝试给雪莉打电话道别。她特别想跟什么人说一声再见。雪莉的妈妈说她拿着双绳——原话是"我被毁掉的晾衣绳"去游乐场了。"她得出双倍的价钱给我买新的，"雪莉的妈妈用刻薄的语气告诉约兰达，"给我惹麻烦，得出双份钱。那小姑娘给自己买了一根贵得见鬼的跳绳。"

之后，约兰达去了一趟沥青坡。也许斯托尼在那儿，她可以跟他道别。他肯定会咧嘴笑笑，她心想，他会露出他直抵人心的招牌式的热情笑容。她会把这笑容留在心底，一路带往芝加哥。

可惜斯托尼不在那儿，只有几个不认识的滑板手，她没找到可以道别的对象。

一放暑假，大家都散落各处，彼此不见面了吗？同学们才刚刚开始向她点头致意，甚至对她微笑。等到秋天开学时，她是不是又得从头开始，去赢得大家的喜欢？

雪莉仍然会跟她说话，在走廊里也会对她点头，可是表情总是绷得紧紧的。再过几周，约兰达心想，我们或许就能重归于好了。可是她还没来得及筹划，学校就放假了。

约兰达咕哝一声，坐直了身子。她嘴里酸酸的，黏黏的。她从牛仔裤口袋里掏出一个盒子，从里面拿出一颗麦芽球扔进嘴里。安全带勒得身上痒痒的，于是她解开了安全带。

安德鲁系着安全带，脑袋抵着窗户在睡觉。过去一周里，她常听见弟弟用口琴吹奏一段节奏强烈、韵律十足的美妙音乐。他吹一遍，稍加改动，再吹一遍。这段音乐触动了约兰达内心的某处地方，那儿存放着享受美食的喜悦，以及斯托尼的微笑。每当听见安德鲁吹奏这段音乐，她都会停下手头的事情，认真聆听。

此时，他手指轻轻握住口琴，盒子早已掉落在地。纤细的小手让约兰达心头一动。他在好转呢，约兰达心想。早先，他望着窗外吹了好几段和弦。

约兰达舒展四肢，伸了个懒腰，一直在后座坐着实在有些无聊。妈妈开车时心情放松，在漫长的道路上一边听电台的音乐，一边跟着哼唱。约兰达往前凑了凑，胖乎乎的胳膊支在前座后背上撑住脑袋。

"安全带，约兰达。"妈妈温柔地命令道。

"我得换换姿势，"约兰达同样温柔地说，"你专心开车，可千万注意我们的安全哟。"

妈妈哈哈大笑："约兰达，你可真会顶嘴啊。"

车静静地行驶着。约兰达沉浸在曚昽的宁静之中。她摆弄着妈妈的头发梢，尽管已经解开发辫、去掉了串珠，只是简单地拢在颈后，她仍然能从妈妈的头发上看出泰妮姑妈高超的手艺。

"约兰达？"约兰达坐直身体，打算反抗系安全带的命令，但是妈妈问了另一个问题，"你在格兰德河畔的学校过得开心吗？"

约兰达对这个问题吃了一惊，一时间想不出如何回答。她得弄明白，妈妈为什么会突然问起学校。她机警地反问道："怎么了？"

"我一直在想,你是个聪明姑娘,或许你应该去读更好的学校。在芝加哥的时候,我负担不起私立学校的费用,但是在格兰德河畔,我或许能掏得起这个钱。泰妮姑妈提过这件事,她也愿意为你的教育出一份力。"

私立学校?约兰达惊呆了。她往后一靠,不由自主地系上安全带。她的脑子开始飞速运转。给我点儿时间,给我点儿思考时间,我需要对比优点和缺点。出于某些原因,她只能想到格兰德河畔这所学校的优点。约翰科斯基老师,绝对是优点,明年还是他教。同学们呢?她才刚开始跟他们打成一片。雪莉——虽然两人现在的关系不太乐观,但她不想离开雪莉。斯托尼·巴克斯顿,如果留在同一所学校,她可以在秋季开学时见到他。最重要的是,如果她去了别的学校,谁来保护安德鲁?她想不出任何充分的理由能让她离开这所土里土气的学校——除非一家人重新搬回芝加哥。即便是这个理由,如今也需要考虑一番。

"什么时候开始考虑上大学的事都不算早,"妈妈继续说道,"一眨眼的工夫,你就该读高中了。到了那会儿,你应该想清楚自己要做什么。你会比我更优秀,你可以当律师,而不是什么律师助理。你甚至可以当法官,当医生……"

"当警察需要多久的大学教育?"约兰达的脑海里浮现出女

承父业的情景，于是问道。

"警察？"妈妈差点儿叫出来。车子猛地大幅度转向，约兰达庆幸自己系上了安全带。安德鲁轻轻喘着气醒了过来。

突然，约兰达全想明白了：妈妈完全搞反了。

"妈妈！我有办法了！完美的解决办法。妈妈，安德鲁才应该去私立学校。他需要——"

"警察！当警察是怎么回事？约兰达·梅，你的脑子呢？你在想什么呢？"

约兰达靠在座椅上，深吸了一口气。她首先要消除妈妈的惊慌，再拿完美的解决办法说服妈妈。

"这个嘛，"约兰达的脑子飞速转动，嘴上却慢悠悠地说道，"我可以把当警察局长作为终极目标。"

"你怎么会有这种念头？"妈妈问道。她的语气依然严厉，但约兰达感觉到她正在平静下来，也有可能正在为发脾气积蓄力量。

"妈妈，我比安德鲁更像爸爸。我个头儿大，身体壮，谁都不敢惹我。记得吗？这可是你常说的。"

妈妈叹了口气。

"还有，妈妈，我不用去私立学校就能考上大学。我已经是全优生了。约翰科斯基老师说我就是'优先人选''首要选择'。"

妈妈又叹了口气。

"需要更好的教育的是安德鲁，妈妈。我觉得他是个被埋没的天才。"

"唉，约兰达。"妈妈连连叹气，"我知道你爱你弟弟。你说得对，安德鲁确实需要更好的帮助。不知为何，学校给他安排了语言治疗。"妈妈的语气再次变得严厉，"安德鲁说话没有任何问题。他吐字清晰得很，既没有口齿不清，也不结巴。我早跟学校说过，不要让那个叫瓦茨的人去干涉安德鲁的语言。明年还得让吉勒莉老师教他。"

"不！"安德鲁拽住安全带往前挤着抗议道。

"啊，"妈妈的语气变得温柔，"我的瞌睡宝宝醒了。"

安德鲁露出少见的惊慌表情。"不！"他再次喊道，"瓦茨老师教我认识A和B，还说T代表低音大号[①]。"

一家人沉默不语，车里只有马达轰轰作响。

安德鲁绝望地看看妈妈，目光转向约兰达，又回到妈妈身上："瓦茨老师教我认'小脚丫'以及它们该敲多久。"

汽车马达隆隆地响着，约兰达突然觉得非常聒噪。

---

① 低音大号的英文为 tuba。

~ 135 ~

仿佛为了向妈妈和姐姐证明自己懂得很多,安德鲁闭上眼睛说:"'米老鼠的小脚丫'是'嗒'。当'小脚丫'排成排跳舞时,中间要停一个心跳。没有腿的'透明脚丫'是'嗒嗒嗒嗒,嗒嗒嗒嗒'。"安德鲁越说声音越大,"米老鼠挥动'小旗',声音就要很短——"

"够了,安德鲁。你怎么回事?别再说傻话啦。"妈妈呵斥道,接着仿佛对自己或约兰达咕哝了一句,"原来他们是这么教说话的,他们要把我的宝贝儿子教毁了。"

可是约兰达看到了弟弟沮丧的表情。他刚刚在说什么?她很好奇。她根本没想过弟弟竟然会喜欢他的老师。

她抬起胳膊抱住安德鲁。"德鲁鲁,离上学还早着呢,"她凑近弟弟的脑袋轻轻说道,"妈妈到时候就会改变主意啦。"

接下来的一个小时里,约兰达尝试编出各种理由说服妈妈改变主意,直到一家人来到芝加哥市郊。

通往家乡的这段路破破烂烂,它所带来的震撼让约兰达把安德鲁的问题抛在了脑后。

高速公路两旁迎面而来的芝加哥,约兰达只见过一次,就是举家搬往密歇根的时候,而且是夜里坐在旧车后排看到的。当时路灯通明,远处的灯光在整座城市间闪烁着,离开这美好的一切让她心中生出悲痛。

此时此刻，天光大亮，交通拥堵，芝加哥似乎变得无比寒酸。千篇一律的丑陋建筑沿匝道连成一排，好像复制、粘贴出来的。废纸糊在水泥桥墩上，角落里的枯枝败叶混在一起。

妈妈紧张地哼着歌，有车飞速穿插时还会嘘上几声。"蠢货！"她怒吼道，"蠢货！"

他们的车终于驶出匝道，像进入奥兹国①一样左转右转，开上了湖岸大道。这里有沿湖美景，有科学与工业博物馆，还有军人运动场。紧挨湖边的是宏伟的生日蛋糕形穹顶天文馆，巨大的谢德水族馆仿佛是全球各种鱼类的豪华酒店。船舶在密歇根湖里上下浮动。人们穿着色彩亮丽的衣服，沿着湖边干净的长街，慢跑的慢跑，骑自行车的骑自行车。

约兰达感觉自己开始被快乐照亮。"快看，安德鲁，快看！"她嘴里不停地说。坐在前排的妈妈也开心地咯咯笑起来。

"芝加哥，"她说，接着和约兰达不约而同地唱起来，"芝加哥！芝加哥！嗒嗒嘚嗒嗒！"安德鲁拿出口琴，加入了她们的欢唱。

芝加哥！芝加哥！

---

① 奥兹国是美国童话《绿野仙踪》中的神奇国度。

14

约兰达的重要任务

泰妮姑妈现在住在芝加哥市中心，靠近历史悠久的芝加哥水塔。整个街区干干净净，遍布壮观的老公寓楼，华美的四轮大马车在街道一端等待游客。

要想进入泰妮姑妈的公寓，得用外面门厅的电话呼叫主人。里面按了开关，你才能进入气派的走廊。电梯又旧又慢，但很漂亮。电梯厢壁由锃亮的黄铜打造，还镶嵌了镜墙，让金色的光线显得柔和。到了姑妈住的十一楼，电梯门无声地打开了。

泰妮姑妈的公寓十分宽敞，天花板很高，窗户很大，楼下是一座漂亮的儿童公园，对面则是另一栋高大的老建筑。在起居室的一扇窗户前，泰妮姑妈的白色新钢琴闪闪发光。"我现在会弹儿歌《雅克兄弟》啦，"她开玩笑地说，"等会儿让约兰达给我们办一场小型音乐会。"

"也许安德鲁和我能合奏点儿什么。"约兰达嘴上说着,心却已经跑远了。

在去布置精美的客卧打开行李之前,约兰达拦住安德鲁,把弟弟带到钢琴前。她抬手敲了几下琴键,琴键轻盈,反应灵敏,声音清脆,安德鲁听得入了迷。

约兰达凭记忆弹出一首舒伯特的曲子,忘掉的部分就随意弹下去。顷刻间,安德鲁小笛子的声音像冰激凌上的点缀,与舒伯特的乐曲一同奏响。她很想对弟弟说:"待会儿也要保持这种状态。记在心里,吹给泰妮姑妈和妈妈听。"

她听见妈妈和泰妮姑妈在卧室里咯咯地笑。安德鲁正在吹奏呢,她们为什么就不能闭上嘴巴,赶紧出来听听呢?约兰达担心过一会儿就营造不出这样轻松的氛围,没办法唤醒安德鲁的天赋。

约兰达的担忧不无道理。当天晚上,吃过丰盛的鸡肉、松饼,以及洗了七次的羽衣甘蓝炖蹄髈,泰妮姑妈宣布,该约兰达表演了。

回到起居室里,泰妮姑妈和妈妈坐在姑妈所谓的"聚会专用"椅子上。那几把直背椅子十分漂亮,铺着天鹅绒坐垫,椅子

~ 139 ~

腿呈现优美的弧度。泰妮姑妈的椅子专门做成了特大号，样式跟普通的保持一致。

约兰达坐在钢琴前，清了清嗓子。"你站在那儿。"她指着钢琴向内凹的角落对安德鲁说。她两手冒汗，坐在钢琴凳上总感觉别扭。

"你想表演什么？"她脑子里一片空白，粗声粗气地小声问安德鲁，"赶紧开始表演吧。"

安德鲁抬头看向约兰达，皱起了眉毛。

约兰达感觉浑身燥热，汗水打湿了前额的头发。晚饭前的轻松氛围再也找不回来了。妈妈和泰妮姑妈早已不再专心等待，而是悠然地闲聊起来。看来弹舒伯特的曲子是不够的，约兰达需要弹一首能曲惊四座的。

突然，她双手摁住琴键，大脑自动把一段肖邦序曲中的和弦送入指端，左手弹出了优美的曲调，乐声在房间奏响。手有点儿生，她弹错了几个音。不过没关系，这种感觉很棒。她继续弹了几个和弦，稳住心神。听起来好生硬。她又弹出几个低音，然后彻底放弃肖邦序曲，使劲戳弄琴键，一阵阵声音喷涌而出。她知道自己弹的听上去有些疯狂，可是泰妮姑妈和妈妈不再聊天了，正在认真聆听。

口琴声猛然响起，仿佛在半空中画出一条条电线，仿佛在钢琴乐声下拉开了一张网——它捕捉到约兰达弹出来的音符，把它们变成优美的音乐。哇！

她放慢节奏，偷偷弹回肖邦序曲，改用右手弹出旋律，曲调逐渐平稳下来，慢慢减弱，变得柔和，最终归于沉寂。

约兰达两手落在膝上，转头看见妈妈和姑妈一脸震惊。"做个小小的实验。"她谦虚地说。

起居室里静默了好久，没有人说话，也没有人鼓掌喝彩。过了一会儿，约兰达的妈妈说："唉，这种实验我听够了，约兰达·梅，太难听了。"

妈妈听不懂曲中意，连结尾曲调里的温柔和宽恕都没听出来。

"不好说，乔茜，"泰妮姑妈说，"我不知道这是他俩自创的新音乐，还是乱弹一气。有些部分挺好，算是不错。你知道，自创的新东西，有时候分不清好坏。"

"这叫不和谐音。"约兰达说。她一方面为自己显得内行而骄傲，另一方面却又为被误解而不平。

"少拿那种专业名词糊弄我，约兰达·梅。是不是噪声，我一听就知道。"妈妈摇摇头，"上了那么多节钢琴课，她竟然想去当警察。"

泰妮姑妈哈哈大笑,约兰达松了一口气。她看看安德鲁,弟弟也露出开心满足的笑容。

第二天一早,约兰达还没好好品味在心爱的芝加哥醒来的感受,泰妮姑妈就把她叫起来了。

"哎呀,哎呀,"泰妮姑妈说,"芝加哥的空气对我高大又结实的侄女来说,一定太冲了。瞧瞧你,一副累坏了的样子。快九点了,我交给你一个重要任务。"

吃着松饼蘸酱的早餐,约兰达接到任务:饭后立刻去格兰特公园,要在当天稍晚些时候的布鲁斯音乐节占座位。

"要是占不到好座位,今晚就没办法好好享受音乐了。"泰妮姑妈说,"走路或坐公交去都行,亲爱的,但是一定要给咱们占到好位置。"

"走路吧,她需要锻炼。"妈妈说,"不许乱跑!只准走密歇根大街。"她转头对泰妮说,"我不得不提醒自己,她才刚满十一岁。"

"周六是雅皮士购物日,乔茜。记得吗?"泰妮姑妈说,"这天唯一要防着的是扒手。"她从亚麻布衣柜里拽出一条巨大的旧雪尼尔床单,只见她粗壮的胳膊一挥,床单就裂成了两半。

"给,拿着。"她告诉约兰达,"我就知道这东西留着有用。"她递给约兰达半条床单和一把别针,"没人会偷半条雪尼尔床单的。用别针把它别到好位置上,宝贝。"

昨晚下了一场雨,约兰达胳膊上挎着半条雪尼尔床单,走在湿漉漉的熟悉的街道上,前往大约一千五百米之外的格兰特公园。

到了公园,工作人员正在捡拾昨晚来音乐节野餐的人留下的垃圾。虽然平整的草地上随处可见垃圾箱,但里面的垃圾已经多到漫了出来。约兰达走向公共座位区时,网球鞋踩在潮湿的场地上嘎吱作响。公共座位区周围竖着高高的铁丝网和警用木头路障,她只能从一个窄小的入口进去。路上,她时不时往嘴里塞一颗巧克力麦芽球,好让自己一直保持精神饱满。

一排排灰色的金属座椅看不到尽头,连在一起拼成一个巨大的半圆形,围着被称为"半露天音乐厅"的演奏台。有人已经选好了座位,为自己和朋友占了整块地方。有人带了伞挡在座位上,这样无论是大雨还是烈日,都有备无患了。一群音乐家正在巨大的舞台上排练,早来的那些人基本无视了他们。

约兰达选定了中间过道现有的最靠近舞台的一排,把黄色雪尼尔床单铺在五个座位上。泰妮姑妈得坐过道，而且要多占一个座位才能坐得下。约兰达在位置周围几个地方小心地别好床单，把别针藏在褶皱里。这样任何人无论是想偷这半条床单，还是想抢他们的座位，都得费一番力气才行。她数了数——正数第十一排，靠近左侧中间过道的第十一排。好位置。

摆弄妥当后，她离开公共座位区，沿东杰克逊街走到街角。舞台入口在演奏台后面，到处都有好多警察。她发觉自己像小时候那样，下意识地在他们之中寻找爸爸。家里流传着一个笑话：约兰达三岁时，每次从公交车窗户往外看，或者跟妈妈出去散步，她看到警察就以为是爸爸，连白人警察也不例外。爸爸那时经常跟人说起这个笑话。

现在这里有许多女警察。"我可以当警察局长。"她自言自语道。

在舞台入口处，有几个音乐家正从大货车上卸乐器：一把低音提琴，一个小键盘，还有几个高高的非洲鼓。

我应该带安德鲁来，约兰达心想，他看到这些一定很开心——他们应该见见安德鲁！

他们应该见见安德鲁。芝加哥的布鲁斯音乐是最好的，而前来参加布鲁斯音乐节的音乐家是全世界最棒的布鲁斯乐手。像安德鲁这样的小男孩，这样的音乐天才，他们一定很想见到。比如桑尼兰德·斯利姆①这样优秀的布鲁斯钢琴家，他年纪很大，嗓音像在干号，仿佛几百年前沼泽里的精怪发出的声音，能够直抵聆听者的灵魂。像桑尼兰德·斯利姆这样的人应该听听安德鲁的演奏。她该怎么安排呢？

小吃摊已经开始营业，约兰达停在一家日本小吃摊前，买了一盒热天妇罗来帮助自己思考。她一边吃松脆面糊包裹的胡萝卜条、洋葱和青椒，一边想或许今晚可以早点儿带安德鲁过来。必须找到合适的音乐家，愿意听小孩演奏的人。

约兰达嘎吱嘎吱地吃着，天妇罗一会儿就吃完了。她把纸盒子扔进现在已经空空如也的垃圾箱。到了晚上，垃圾箱里的垃圾将会再次漫出来；街上会挤满了人，动都动不了；小吃摊前会排满长长的队伍。她闻着各种诱人的香味，在这条街上逛来逛去。趁着人不多，最好填饱肚子。既然刚吃过蔬菜，现在就来个牛肋三明治好了。

---

① 桑尼兰德·斯利姆（Sunnyland Slim）是美国著名布鲁斯歌手和钢琴家。

15

音乐节

约兰达说服妈妈和姑妈,让她带安德鲁在格兰特公园的街角下了出租车。她嘴上说想带弟弟去看看正在盛开的玫瑰花,其实是想跟弟弟一起步行路过半露天音乐厅的后台入口。她希望能遇见正在卸乐器的音乐家。

"绿灯亮了再过马路,"妈妈告诫姐弟俩,"别慌慌张张的。车没全停稳,就不许过马路。"

"知道了,妈妈。"约兰达不耐烦地答应道。

"还有,不准吃东西,约兰达。泰妮姑妈都准备好了。省省钱,留着胃口。"

"知道了,妈妈。"约兰达说。

长达数千米的人行道旁,汽车一辆挨一辆地停放着。繁忙的哥伦布大街两侧各设立着一排临时厕所。"芝加哥精英"——身穿蓝色制服的警察随处可见,指挥交通的,骑马或骑三轮摩托车巡视的,也有聚在一处聊天的,但人人都目光机警。

　　约兰达发现,自己应对拥挤人群的招数完全没有生疏。右肩向前顶,用庞大的身躯把安德鲁护在身后。"拽住我的衬衫!"约兰达迈开步子,大步向前走去。她逆着人潮涌动的方向,好让人们都能看见她。人海一分为二,约兰达带着安德鲁顺利通过。

　　现在,音乐厅后台没有人卸乐器,约兰达大失所望,拉着安德鲁的手站在那儿。安德鲁看着一波又一波的人潮涌来。约兰达盯着像监狱大门一样堵在后台入口前的接待桌,上面的条幅写着"特殊活动市长办公室",黄白条纹的雨篷遮在接待桌上方,几名优雅的女接待员在查看后台来客的身份证件。这里没什么办法可想,纯属浪费时间。

　　约兰达领着安德鲁,从香味诱人的小吃摊后面穿过。牛排墨西哥卷饼、烤肋排、外皮焦脆的烤玉米——她能根据气味分辨出每一种食物。

姐弟俩路过一个搓板乐队①，成员们正在叮叮咣咣地演奏。安德鲁目瞪口呆地看着他们，约兰达拉住弟弟往前走。现在他们要去给手上盖章，然后进入公共座位区。

约兰达设法带着安德鲁挤进等待盖章的拥挤队伍中。只占座是不管用的，必须在手上盖上"布鲁斯"字样的章才能进去。

泰妮姑妈和妈妈果然早已坐好了。泰妮姑妈偷偷带进来一个装满食物和冷饮的食篮。食篮和冷藏箱原本是不准带进座位区的，然而泰妮姑妈认识这里大多数的保安，他们往往是放暑假的阿尔法兄弟会成员。她说他们从来不会检查她带的大毯子和靠垫，而她就把食篮藏在那下面。

为了避免蹭掉刚印在手上的"布鲁斯"印章，约兰达和安德鲁高举着手寻找他们的座位。公共座位区这时已经坐满了人，跟原先看起来大不相同。第十一排，靠左侧中间过道。泰妮姑妈非常显眼，她宽阔的后背横跨两个座位，身形壮观地靠在靠垫上。妈妈挺直腰板坐着，伸长脖子四处寻找她的孩子们。姐弟俩坐下后，泰妮姑妈把火腿三明治递给他们。妈妈轻叹一声，放松下来。

---

① 美国有一种乐器叫作搓板（washboard），由金属制成，样子像日常使用的搓衣板，演奏时需要戴上专用的指套敲击或刮擦。

一支乐队刚刚上台，开始表演。几个年轻乐手留着"之"字发型，苗条的女歌手身穿红色流苏连衣裙，圆形耳环跟她的脑袋一样大。她握住麦克风，边唱边打响指。约兰达吃完自己的火腿三明治，还想再吃一个。她看了看安德鲁，他还没吃完。

"吃点儿金枪鱼沙拉吧，宝贝？"泰妮姑妈看透了约兰达的心思。她递过来一个裹得厚厚的四方形小包和一张干净的餐巾纸。

吃饱了肚子，约兰达开始思考如何带安德鲁接近合适的布鲁斯音乐家。台上的乐队太年轻，他们懂得不多，也没多大影响力。她要找的是知名音乐家——有地位，能引起妈妈和泰妮姑妈的注意，能支持她帮弟弟找音乐导师或者更好的学校。

"妈妈，给我看看节目单吧？"

"要说请。"妈妈说。

"好的，请让我看看吧！"

约兰达仔细看了看节目单。当天夜里晚些时候，冯特拉·贝斯将和奥利弗·塞恩[1]的乐队一同献唱。他们可都是知名人士。

约兰达把节目单还给妈妈，找了个借口匆匆跑出公共座位

---

[1] 冯特拉·贝斯(Fontella Bass)和奥利弗·塞恩(Oliver Sain)都是美国著名灵魂乐歌手。

区。东杰克逊街上的人少了许多,她急忙穿过街道,走向半露天音乐厅后面的舞台入口。

约兰达打量着负责在黄白条纹雨篷下看守乐手入口的女接待员们。哪一个更有可能放她进去呢?她打量着她们,但是这几个女人看起来都不像好糊弄的样子。

约兰达在一条长凳上坐下来,目光一直盯着她们。长凳靠背镶嵌的黄铜铭牌上说,它是为纪念奈特·金·科尔①而造的。

她看着记者们接受女接待员的检查后进场;一个男人捧着锡箔纸包着的盘子来送外卖,接待员一摆手就让他进去了。那是给明星们吃的食物,约兰达心想。她瞪大眼睛寻找机会。她必须带安德鲁去后台,到了那儿,自然会有知名音乐家听他演奏。先做重要的事情。

整个区域全是身穿印着"芝加哥,甜蜜的家"字样T恤衫的保安。从他们那儿是过不去的。

也许我应该等到冯特拉·贝斯和奥利弗·塞恩露面,约兰达心想。可是她心底涌起一股模糊的绝望。她找不到任何进入的机会。

也许一会儿就有机会,也许明天才有机会,也许永远都没有机会。

---

① 奈特·金·科尔(Nat King Cole)是美国黑人歌手、爵士乐钢琴家。

她买了一个烤玉米,把它捧得远远的,这样在吃的时候,玉米上的黄油就会滴到地上而不是自己身上。在回座位前,她就吃完了玉米,还仔细擦掉了脸上的食物痕迹。幸好这么做了。回到座位时,妈妈的目光从她的脸上扫过,又上下打量她衬衫的前襟,搜寻食物碎屑和芥末酱的痕迹。

"小姑娘,这么长时间都去哪儿了?"

"四处转转而已。"约兰达咕哝道。

妈妈一如既往地叹了口气:"唉,坐下听一会儿吧,回了格兰德河畔再四处转转也不迟。这里可是能听现场布鲁斯的。"约兰达坐了下来。

在高耸瘦长的建筑后面,太阳开始缓缓落下。上千个窗口亮起了灯光,在每一层楼上连成一条长长的黄色光带。夜风微凉,老约翰尼·夏恩斯[①]在台上倾情献唱,低沉的嗓音仿佛从路易斯安那的沼泽中缓缓升起。大人们吹出肥皂泡泡,彩虹色的圆球在人群头顶上飘飞。每一首歌唱完,成千上万的观众都会发出狂热的欢呼。

珍珠似的灰白色天空中,一轮粉红色的月亮悄悄升起。身材高大的泰基·马哈尔[②]走上台。他头戴红帽子,以乡下人特有的姿态

[①] 约翰尼·夏恩斯(Johnny Shines)是美国布鲁斯歌手和吉他乐手。
[②] 泰基·马哈尔(Taj Mahal)是美国乡村布鲁斯乐手。

站着，僵硬地摇摆着。他在自己的大吉他上弹奏出布鲁斯乐声，像挖掘泥土一般，吟唱出自己的歌。人群和他一同吟唱，一同摇摆。

一个肤色像咖啡豆的圆胖女人在过道里醉醺醺地跳舞，保安警告她坐下，她不听，反而扬起下巴，挥着双臂跳得更欢了。她的短上衣一直在往上卷，一圈肥肉从她的裤子上方挤出来。突然，她一下没站稳，摔倒在地，起身后她彻底放开了自我，双腿抬得老高，屁股在空中晃动。两个保安各架起她一边的胳膊，把她从过道上拉开，她还在踩着保安的脚跳舞。

夜间活动的昆虫在舞台大聚光灯打出的光带内飞翔。布鲁斯乐声从音乐家口中涌出。

现在正在台上表演的是一支很有活力的乐队和约翰·哈蒙德[1]。他很英俊，面色沉静，身材犹如内衣人体模特。只见他把吉他横在身前，口琴挂在脖子上，开始了演唱。哇，好有激情啊，约兰达心想。外表像刨冰那样冷峻，歌声却那么热烈。

约兰达开始想象安德鲁在台上吹奏口琴时的样子。也许她可以弹钢琴给弟弟伴奏，观众一定会疯狂地尖叫、鼓掌。

天空现在变成了深蓝色，衬得月亮像蛋黄一样金灿灿的。冯特拉·贝斯和奥利弗·塞恩走上舞台，把约兰达带回观众们高涨

---

[1] 约翰·哈蒙德（John Hammond）是美国著名布鲁斯乐手。

的兴奋之中。

冯特拉·贝斯身穿白色连衣裙，下摆缀满了流苏。裙子十分紧绷，裹得她丰满的身躯只能迈出淑女的小碎步。"无论，无论，无论，无论，"她低吟浅唱，"无论你做什么……"连衣裙的流苏随着她激烈的动作甩来甩去。

奥利弗·塞恩像魔术师从戒指中抽出手帕一样，用萨克斯管吹奏出美妙的音乐。"我忧郁的时候就没有阳光……"冯特拉·贝斯唱道。

一曲终了，观众陷入疯狂，就连泰妮姑妈都站起来跟着呐喊。"再来一首，姑娘！再来一首！"六万名观众起立跺脚，又是鼓掌又是吹口哨，热切要求她再来一首。

主持人头戴草帽，身上的马甲刚刚能盖住小肚子。他走上台，说："这难道不是世界上最优美的布鲁斯吗？让我们尽情聆听吧！芝加哥，这不是世界上最棒的布鲁斯之城吗？你们懂我的意思吧？你们懂吗？你们懂吗？"

人们大声呼喊，口哨声四起。"是的，是的！好！喔！再来一首！"他们疯狂地挥动手臂，蹿起来在过道里跳舞，丝毫不理会警察和保安露出的严肃表情，"好啊，好啊，太好了！"

冯特拉·贝斯和奥利弗·塞恩回到舞台上，只鞠了个躬就走了。他们不会再上台演唱了，约兰达失望地心想，他们现在就要走了，反正我无论如何都不可能带安德鲁接近他们，所以让他们再回来还有什么意义呢？可是就在这时，舞台上发生的一件事让约兰达的心思又动了起来。

主持人大声喊道："趁大家都还在听我说话……"许多人听了哈哈大笑，"请大家听我说几句……"

后台工作人员抱着一个小男孩走上前，把小孩交给主持人。小男孩大概三岁，长着一头细细的金黄色卷发，正在哇哇大哭。

"这儿有个小家伙走丢了。他的爸爸妈妈呢？你们在吗？"

全场陷入寂静。紧接着，观众们不约而同地叹气："唉——"又一同温柔地感叹道："噢——"

金发小男孩停止哭泣，抬手抓了抓头发，仰头看着观众。

"噢——"观众们又一同感叹道。

瞧瞧这傻乎乎的小孩，约兰达心想，除了把自己弄丢，什么都没做就能得到这样的关注。

对啊，有办法啦。

约兰达心里一阵沸腾、翻滚。她心情激动，心跳开始加速。她终于想到办法了。

16

万事俱备

周日没有汽车喧嚣的噪声,芝加哥清晨的各种声音变得温和、轻柔,约兰达一直都很喜欢。可是第二天,当她在泰妮姑妈的高层公寓里醒来时,她什么都听不到,就连敞开窗户也不行。她把脑袋伸到窗外。除了长凳上的一个老人,楼下的小公园空空如也。花香四溢,空气凉爽,阳光灿烂。

"今晚去格兰特公园要穿外套,"泰妮姑妈的声音从更衣室传出来,"你知道的——湖上刮来的风凉。"

约兰达决定早点儿去格兰特公园占座,以便挑选更好的座位。此外,她还要熟悉场地。

"我去占座啦。"她对泰妮姑妈或者妈妈喊道——反正只要有一个人听见就行。她顺手拿起一个燕麦卷,准备在路上吃。

公共座位区几乎没人，只有几排座位的靠背上套了纸袋或者贴了胶带。她把那半条黄色雪尼尔床单别在紧挨昨天那条中间过道的五个座位上，不过这次换到了第六排。

她在河湾小吃摊买了红豆米饭搭配路易斯安那香肠，这就算是早餐了。她坐在写有"纪念奈特·金·科尔"的长凳上，琢磨自己宏伟计划中的步骤。她吃得很慢，细细品味红豆和米饭混在一起的滋味，用蠢兮兮的塑料叉子叉起香肠，大口咬着。

现在初步计划已经有了，她观察到的一切像水流进桶里那样各归其位。这会儿时间还早，黄白条纹雨篷下只有几个女人。她们漫不经心地闲聊，用塑料杯子喝咖啡，小口吃着丹麦酥。约兰达心里有了底，从她计划的角度看，她们都显得亲切随和——甚至乐于助人，不像昨晚的保安那样拼命去保护那些大牌音乐家。

约兰达从外套口袋里掏出叠好的节目单。

今晚将在半露天音乐厅大舞台上演出的是布鲁斯音乐领域的大牌人物，有的她能认得出来，有的根本没听过。可可·泰勒[①]嗓门儿特别大，金牙亮闪闪的。约兰达对她有印象，她能让布鲁

[①] 可可·泰勒（Koko Taylor）是美国著名布鲁斯女歌手。

斯音乐贯穿你的身体。小威利·利特菲尔德[①]也在节目单上，还有个叫戴维·雷·肖恩的，伟大的比·比·金[②]会将这个夜晚推向高潮。

约兰达脑海里浮现出这样的情景：上台表演前，大牌音乐家们在摆满鲜花的更衣室里，舒舒服服地坐在单人沙发上，一边吃着锡箔纸包裹的餐盘里的各种食物，一边闲聊，互相夸赞对方的演出服，交流业内八卦。也许他们还会在后台喝香槟。他们心情放松，直到有人敲门通知："五分钟后上台，泰勒女士。五分钟后上台，金先生。"然后，这些大牌音乐家便会把高脚杯里的香槟一饮而尽，拿起他们的乐器，抚平身上的亮片，走上舞台，来一个精彩亮相。

要在他们休息的某个时间点，通过某种方式让他们见到安德鲁·布鲁，而且必须是以意外的形式。先做重要的事情：首先穿过黄白条纹的雨篷，进入内部的圈子。宏伟的计划要先实现这一步。

约兰达需要弄清走失的孩子会被送到哪里。小孩子走失之后，什么都不知道，尤其不知道该去哪儿好让大人找到他们。那

[①] 小威利·利特菲尔德（Little Willie Littlefield）是美国节奏布鲁斯和节奏摇滚钢琴家、歌手。
[②] 比·比·金（B. B. King）是美国著名布鲁斯吉他手，被称为"布鲁斯之王"。

么他们会怎么做呢？可能会一直哭，直到引起注意吧。

约兰达想起那个金发小孩被抱上台时，六万名观众一同发出同情的叹息："噢——"

也许走失的孩子只会站在原地，一遍又一遍地哭喊："妈妈！妈妈！"可是安德鲁即使走失了，也绝不会这么做。约兰达叹了口气。宏伟的计划里有一些缺陷，她最好赶紧着手调整。

她吃完红豆米饭，把盘子和叉子扔进垃圾箱。她仔细打量雨篷下的女人，选中一个留着金色短发的——这个人似乎一直话比较多。

"打扰一下。"她用机灵而又谦逊的语气说。

健谈的女人转过头来。

"走失的孩子要去哪儿才能被家人找到？"

女人露出灿烂的微笑。选得好，约兰达心想，这个女人看起来心肠不错。

"任何一个警察都会帮忙，亲爱的。你在找走失的孩子吗？"

"不是，呃……"约兰达支支吾吾地说。她的大脑飞速转动，从一大串回答中筛选出合适的措辞，说："不是，只是想知道该怎么跟我弟弟说。"

乐于助人的女人点点头，或许她也有过照顾弟弟的经验吧。

然而，其他女人用不怎么和善的眼光看着约兰达，其中一个还眯起眼睛，一脸不信任地打量着她。

约兰达优雅地昂起头，用一本正经的语气说："以防他在今晚人群挤得密不透风时走失。"最后一个字在空气中久久回荡。

眯眼的女人惊讶地歪了歪头，然后露出妥协的表情。"一定要让他记得怎么拼写自己的姓名，小姑娘，"她说道，"还要记住家庭地址——包括邮编。"

约兰达暗自笑了笑，脸上却仍保持冷静。"怎么能看出小孩是真的走失了呢？"她问道，"如果他什么话都不说。"

"哦，"一个女人哈哈大笑，"基本能看得出来。走失的孩子总是一副孤零零的样子，不停地看向四周。"

"不管手里拿着什么，都会抓得紧紧的。"另一个女人补充道。

"眼睛睁得大大的，看上去很害怕的样子。"

所有女人都在帮忙补充，就连坐在入口处桌子旁的那个也不例外。

"很多时候，他们都不会哭，直到你问他们是不是找不到妈妈了，他们才会哭得稀里哗啦的，像尼亚加拉大瀑布一样。"

健谈的女人继续说："街正对面有个临时警察岗哨，就在那棵树下。"她指指街区尽头那个啤酒帐篷,"走失的孩子都会被带到那儿。"

"不会被带上舞台吗?"约兰达问道。她的计划开始在脑海里动摇。

所有女人全都紧盯着她。

"他还小,被带去警察哨所可能会吓着他的。"

"不会,"眯眼的女人厉声说道,"不会,带上舞台是最后的办法。如果几个小时内都没有人来领走失的孩子,他才可能会被带到舞台上去。"她对约兰达露出一个紧绷却满意的微笑。

约兰达用礼貌而冷静的语气说道:"非常感谢。"她转身准备离开,"你们提供的信息非常有用。"她向所有人浅笑一下,轻轻挥了挥手。

她甩掉女接待员的目光朝街上走去——她敢肯定,她们一定在盯着她。泰妮姑妈的公寓和这里隔着十四个大街区,但约兰达强忍住了去范妮·梅百货店买一块雪糕在路上吃的冲动。她想早点儿回去,好让泰妮姑妈快速给她做一个发型。

当天下午,她比平时更用心地挑选衣服:放弃蓝色牛仔裤和她最爱的黄色T恤衫,选择了一件无袖裙子和蕾丝领汗衫。她现在很庆幸妈妈非要她带着无袖裙子——"穿这个会让你看起来更符合自己的年纪，而不是像一个高中生。"

泰妮姑妈沿着约兰达的脸型，给她设计了一款蓬松的卷发，并把剩余的头发往后梳成粗粗的辫子。辫子很好看，约兰达觉得，这正好衬得她年纪更小了。她照照镜子，使劲睁大双眼。她尝试做出天真的表情，又做出害怕的表情，然后试着摆出走失儿童无助的样子。无助是做不出来了，她只会显得感伤。害怕的表情做得很棒，但是约兰达不想让人觉得自己正被追杀。她尝试摆出既天真又害怕的表情，她的发型对显得天真很有帮助。

通常，安德鲁出门时会把笛子留在家里，但是在这个周日，约兰达用一根细带将笛子系到他的脖子上，让他大吃一惊。"口琴的盒子交给我来拿吧？"她提议道。安德鲁发现姐姐穿着裙子，上面有大大的口袋。"这样，你的口琴就更容易放进口袋里了。"安德鲁同意了。屁股上少了那么一大块鼓囊囊的盒子，走起路来感觉好多了，但是他依然想把手伸进屁股口袋里捂着口琴。

泰妮姑妈认识等在公寓外面的出租车司机。

"今晚人很多啊。"他对泰妮姑妈说。

"我们请来了比·比·金呢，"泰妮姑妈骄傲地说，仿佛比·比·金是自家人一般,"还有可可·泰勒。今晚一定会很劲爆,但愿我们别被人踩伤。"

想想泰妮姑妈被人踩踏的场景,大家都哈哈大笑。安德鲁把他们突然爆发的笑声储存进了脑海,留着以后演奏。

到了格兰特公园,泰妮姑妈径直走到长长的队伍前端。跟约兰达溜进队伍中间的做法截然不同,泰妮姑妈对守在入口的大块头之一露出灿烂的甜蜜微笑。

"你好呀,埃迪。"她说着,给了埃迪一个令人窒息的拥抱。

"嗨,美女!"埃迪喜欢这样的拥抱,也紧紧抱住泰妮姑妈。他胳膊粗壮,脸上同样露出灿烂的热情微笑。如果我能像这个叫埃迪的人这样壮实,安德鲁心想,或者至少像约兰达那样,那么被泰妮姑妈拥抱时就不会喘不上气了。

安德鲁先于约兰达被推进了大门。今天的印章是紫色的,手背上潮乎乎的紫色墨水显示出几个书写符号。安德鲁认出"小手鼓"的字母B,这也是他姓氏"布鲁"中的字母B,还代表布鲁斯音乐。他惊讶地发现自己理解了这个潮乎乎的紫色印章。

"B代表布鲁斯音乐。"他轻轻说道。

"这些大学生我全认识,"泰妮姑妈炫耀道,"他们的妈妈常去我店里。都是些好孩子。"

她朝另一个肌肉结实的高个子保安笑了笑。那人的T恤袖子卷起来，紧紧地裹着他粗壮的上臂。约兰达在安德鲁的头顶咕哝道："真壮！嘿，真是个大块头。"

妈妈带着长焦相机。她坐在座位上，把焦点对准舞台。"有了这玩意儿，连比·比·金上唇的汗毛都能拍清楚。"她说，"感光度一千的彩色胶片，连闪光灯都不用。"

泰妮姑妈开始把大食篮里的食物分发给大家。约兰达拿了一块鸡肉和一张餐巾纸。安德鲁不饿，但是想到高个子保安的粗胳膊和埃迪拥抱泰妮姑妈的情景，他还是选择了一块牛角面包。

安德鲁边吃边看在大舞台上摆放乐器的工作人员。一架大钢琴被人推上来，顶上的盖布被揭开了，鼓也放置到位了。

各种噪声充盈着耳朵。安德鲁知道，再过不久，音乐家们就会走上舞台。他们在舞台上显得很小，周围会安静下来，接着会有一个信号。然后，安德鲁记得，就像所有昆虫同时停止歌唱，草地也变得安静，一切噪声都会在瞬间暂停。

音乐家们会抬手或低头拿起他们的乐器，用号、吉他或钢琴奏出乐声。他们会把声音推进亮闪闪的图片里，或者展开，铺在漫长的道路上。噪声将会变成特殊的形状，让人乐于聆听。

安德鲁摸摸口琴，口琴安稳地放在屁股口袋里。约兰达看看他，拍拍口袋里跟一堆麦芽糖球放在一起的口琴盒子，冲他笑了笑。然后，姐姐低头继续看一张有图片、有文字的皱巴巴的纸。

就在这时，一个音乐家走上舞台。泰妮姑妈大声喊道："开始吧，吉米·罗杰斯[①]，开始吧！"

名叫吉米的人抱着一把吉他，唱道："我身上魔力四射。"观众一边鼓掌喝彩，一边哈哈大笑。"我身上魔力四射。"观众和他一道唱起来，"我身上魔力四射。"观众站起来，上百根手指指向舞台，"我身上魔力四射。"观众齐声唱道："魔力四射！"有些人站起来，在过道上手舞足蹈。

安德鲁正准备拿出口琴，加入这场喧闹，约兰达突然拉住他的手。"快走，"她急切地说，"口琴拿好了吗？"安德鲁点点头。她小心翼翼地领着弟弟从泰妮姑妈面前经过。"这会儿离开真可惜呀。"泰妮姑妈说道。

"约兰达，你去哪儿？"妈妈厉声问道。安德鲁有把握自己可以吹出这短促严厉的声音。

"上厕所。"约兰达说道。这理由无懈可击。

安德鲁感觉自己被约兰达身上的"魔力"推着穿越几条过道，

[①] 吉米·罗杰斯（Jimmy Rogers）是美国布鲁斯歌手、吉他乐手和口琴演奏家。

走出大门。他不需要去厕所。他们快步穿过拥挤的街道，约兰达迈开大步走着。这根本不是去厕所的路，这是一场冒险，安德鲁既兴奋又担心地想，我们还会回来吗？

约兰达在轻轻哼唱："我身上魔力四射。"走到这条街的尽头，姐姐领着他来到黄白条纹雨篷下的一排桌子旁，让他坐在一张长椅上，说："这是一张幸运长椅，安德鲁。这是我们的幸运长椅。"

安德鲁在长椅上晃了晃身子，想感受一下幸运。他竖起耳朵，仔细去听幸运的声音。

姐姐说个不停，语气仍然那么急切。她有好多种语气，安德鲁能在口琴上为大多数语气找到对应的位置。现在这种语气像是坐在过山车上时，迎面吹来的风声。

"……就像玩游戏。咱俩不是真的走失了，但是我们必须去后台。大牌音乐家们都在那儿。那些乐器也都在那儿，比如你一直提到的那些。你想去后台吗？"

姐姐问了他一句话，但他听不懂她在问什么，只好看着她，从她的语气中寻找线索。

"我觉得不一定非得去舞台上。妈妈肯定会立刻吓晕过去，我会想办法让咱们在那之前就离开。不过……"约兰达的表情缓和下来。

安德鲁期待地看着姐姐。约兰达会魔法，她能随心所欲。"我身上魔力四射！"魔力就是那句咒语。有些人有魔力，比如约兰达，他们无须任何额外的辅助就能施展魔法。

"不过……那会是怎样的情景呢？六万人看着你站在台上，对你呼喊，鼓掌喝彩，全都像疯了一样。"

"很好？"安德鲁问道。

"先做重要的事情。"约兰达说道。

17

带着弟弟走失

　　临时警察岗哨设在一辆巨大的白色有篷卡车里，上面印着"芝加哥警察"的字样，涂着天蓝色条纹。约兰达不想从那儿开始实施自己的计划——太明显了。半个街区之外，有一个热狗摊，两个警察正在那里聊天。其中一个是矮小结实的女警察，制服紧紧地绷在身上，像是被涂料喷上去的；另一个是年轻男警察，脸上留着稀疏的小胡子，看起来很随和。

　　约兰达瞧了瞧安德鲁。"别担心。"她对弟弟说。安德鲁好奇地看着姐姐，但目光一如既往地充满信任。

　　约兰达做出害怕又天真的表情，用力握住安德鲁的手。她努力蜷缩身体，好让自己在蕾丝领汗衫里显得娇小些。她睁大双眼，缓缓地走过那两个聊天的警察。她突然发现，安德鲁欢快地打量着周围事物的神情，使效果大打折扣。可是她又不能冒险，吓得弟弟露出害怕的表情，那样或许只会破坏他演奏时的心情。

聊天的警察连看都没看姐弟俩一眼。

约兰达更用力地拉住安德鲁，他惊慌地看向姐姐。"没事的，"她对弟弟轻声说，"这是玩游戏呢。"她放慢步伐，像虫子蠕动一样走着。她抓紧弟弟，瞪大双眼，缓缓从两个警察面前折返。两人仍然聊得热火朝天。

这些警察也太不负责任了吧，约兰达气呼呼地想。警察应该留心紧急事件，警察应该能感知不对劲。我们的税都是白交的吗？当警察还只顾聊天，等我当上警察局长再收拾你们。

然后，约兰达下意识地给自己买了一个热狗。安德鲁没要。

"我这是在干什么？"她大声嘟囔道，"走失的孩子只顾着害怕，哪儿还有心情买热狗吃。"唉，她心想，也许我是先买了热狗，然后才走失的；也许我太害怕，现在根本顾不上吃热狗；也许我只是紧紧地握住它。

姐弟俩再次向两个警察走去，可是两个警察没有一丝停止聊天的迹象。约兰达一手紧握热狗，一手抓紧弟弟。她把双眼睁得老大，眼眶里仿佛满溢了天真和恐惧。她左看看右看看，前看看后看看，一副在找人的模样。她的眼睛变得干涩。热狗散发出暖暖的香气,她真想咬一口啊。但是吃不到热狗的心情使她终于做出了痛苦的表情。再次路过两个警察时,她发出一阵悲叹。

这一次,蓄着稀疏胡子的警察抬头扫了一眼。约兰达差点儿因为急切而摔一跤。然而他又低头继续听女警察说话去了。约兰达气得咬牙切齿。她真想对他们大吼一声,这些不认真工作的家伙!你们怎么回事?没接受过训练吗?走失的孩子站在面前,你们就看不出来吗?

她深吸一口气。"再来一次。"她咬牙切齿地对安德鲁说道。

这一次,她的悲叹里充满了真实的痛苦。她走得慢吞吞的,手里紧握着热狗,也加大了握住安德鲁小手指的力度,引得弟弟大喊以示不满。

女警察停止讲话,看向他们问道:"小孩,你们找不到妈妈了吗?"

最令人吃惊的一幕发生了。

约兰达突然哭得稀里哗啦,泪水像尼亚加拉大瀑布一样奔涌而出。

姐弟俩坐在"芝加哥警察"卡车后厢里舒服的靠背椅上等待。外面很凉快,但卡车里热得发闷。约兰达从哭泣的震惊中恢复过来，只觉得度日如年。热狗在肚子里胡乱翻腾。安德鲁靠着椅背睡着了，好看的小嘴巴张开，粉红色的下嘴唇里存了一汪口水。

这样会坏事的，约兰达心想。安德鲁的身体以为现在是睡觉时间，这不能等到两个小时后让人带我们去台上了。到那时，音乐会都要结束了。

她猛地站起来，安德鲁动了动，醒了过来。

"出去看看，德鲁鲁。"她说着，往前走了两步，来到敞开的门旁。安德鲁紧跟其后。

卡车的附近没有警察，约兰达从车门钻出来。前面不远处，有几个警察在跟一个骑警说话。那个骑警身体前倾，伏在高头大马的背上，指着街上的某个地方。

"咱们走。"约兰达说着，向安德鲁伸出手。没人看见姐弟俩离开。

约兰达朝街对面的黄白条纹雨篷走去。她不知道宏伟计划的下一步是什么，但她想离目标更近一些。

新换的一批女接待员表情严肃地坐在桌前，检查一小队人的入场证。约兰达的目光落在一个高大挺拔的女人身上。那人的金色长发盘在脑后，支起一顶漂亮的草帽。她虽然站着不动，却似乎很繁忙的样子。时不时会有人向她发问，然后她会发出指令。

真正的女管事，约兰达心想。她停下脚步，鼓足勇气。就在这一刻，女管事不耐烦地转身出了大门，朝姐弟俩刚刚逃出来的"芝加哥警察"卡车走去。

机不可失，时不再来——约兰达深吸了一口气，径直拦在女管事的去路上。

女管事停下脚步。"有事吗？"她不耐烦地问。

"我们走失了，"约兰达一脸纯真地说道，"我们得去后台。"

"哦！"女管事明白了。她举起双手又放下来，在身体两侧拍了拍。她转身对雨篷下的一个女接待员喊了一声。

"埃斯特，把这两个孩子带去后台，他们走失了。等这一场结束，叫亨利处理这事。"

就这么简单。宏伟计划步入了正轨。

约兰达激动得两腿爬满了鸡皮疙瘩。她心想，我什么事都能做成。我能照顾弟弟；我能跳舞，会打架；我敢打赌，我也可以跟大眼睛雪莉摇双绳。为什么不可以呢？我只是需要找准时机。

我应该先向大眼睛雪莉道歉，她心想，之后再开始练习。同步很重要，一定要有节奏感。如果想让双方以完美的默契摇绳，必须经过大量练习。

胜利的喜悦伴随着约兰达来到后台入口，接着便抛弃了她。

后台是一条巨大的走廊，里面挤满了人。没有更衣室，没有单人沙发，没有香槟。失望取代了约兰达的喜悦。那个端锡箔纸盘子的人在哪儿？人们急匆匆地从姐弟俩身边走过，有的戴着耳机，有的倚在墙边或坐在折叠椅上等待。

有个人看起来像是大牌音乐家，但约兰达对他毫无印象。他穿着闪闪发光的白色牛仔服，戴着大号白色牛仔帽，一只耳朵上挂着长长的耳环。他一动，耳环就跟着一晃一晃地反射着光线。他一只脚踩在椅子上，上半身倚在膝盖上，面露微笑，摇头晃脑地听着台上乐队的表演。

可可·泰勒在哪儿？小威利·利特菲尔德呢？比·比·金呢？约兰达觉得这个白人牛仔音乐家特别让人讨厌。对安德鲁的特殊才能感兴趣的人在哪里？

突然，一个可怕的担忧钻进她的脑海。难道她搞错了？难道其他人才是对的？难道安德鲁根本不是天才，只是个身材瘦小的后进生？她究竟凭什么认为弟弟是个天才？约兰达的大脑急切地翻出约翰·赫西的那句话——"将旧的材料重新组织……"她深吸一口气，不管了，答案即将揭晓。

宽敞的空间里，人们脚步匆忙，但四周很安静。安德鲁觉得这里像是给巨人用的走廊。许多人来去匆匆，脚下无声，从不会相互撞到。走廊尽头的舞台入口处打着很亮很亮的光，乐声响起又消失，响起又消失。

有一个人没有走动。他一只脚踩在椅子上，站在那儿。他戴着白色牛仔帽和亮闪闪的长耳环。安德鲁更感兴趣的是靠在椅子旁的吉他。他往前凑了凑。吉他也是白色的，亮闪闪的。安德鲁仔细打量着它。吉他的盒子呢？他心想，这个亮闪闪的牛仔不怕自己的吉他被碰坏吗？

声音从前面飘到后台，有个歌手正在吟唱："……让我啊痴狂……"缓慢柔和的钢琴声为她伴奏。

安德鲁不假思索地走近舞台入口，拿出口琴，开始给环绕着他的声音加入一些小小的音符。

他吹出亮闪闪的声音——这是那个光彩夺目的牛仔；他吹出头戴草帽的主持人手握提示词站在场边的样子；他吹出低沉的怒吼——那是约兰达冲过来的声音。

"吹得挺好啊，小孩，"亮闪闪的牛仔在安德鲁身后说道，"你那小口琴吹得可真不赖，小伙子。"

吹奏被打断的安德鲁转身看着牛仔，但他的目光几乎立刻粘在了椅子旁的吉他上。"个头儿很大才能弹那个。"安德鲁说道。他对亮闪闪的牛仔笑了笑,扬起口琴打了个招呼,表示"我也没有盒子"。

约兰达似乎也被牛仔吸引住了。她向牛仔走去。

"我弟弟是个神童。"她大声说道。至少她这次没再说"天才",安德鲁对这个词的厌恶一闪即逝。

"我相信!"亮闪闪的牛仔说,"如果我没搞错的话,他刚小小地露了一手。他是跟谁学的?"

露了一手。约兰达也经常这样——用一两个词让你信服。

"我没有。"安德鲁对着口琴嘟囔道,然后吹出我没有!我没有!

"好的,好的。"亮闪闪的牛仔说道。

安德鲁大吃一惊。他没想到这个陌生人竟然会回答口琴说出来的话——当然,口琴说的不是通用的语言。

"他没有学过,"约兰达说,"但他需要学习。他需要一个能教天才的老师。你有认识的吗?"

又说那个词,安德鲁心想。

"他今晚表演吗?"牛仔问道。

"不,"约兰达说,安德鲁发现姐姐被这句话吓了一跳,"我们走失了。"

亮闪闪的牛仔哈哈大笑，说："这孩子才不是走失了，小姑娘。你也不像走失的样子。你确定他不是某个乐队的成员吗？"

"他应该成为其中一员，"约兰达说，"也许应该登上舞台的人是他，而不是这里的某些人。"

她怎么这么生气？安德鲁有些疑惑。

姐姐的语气变得更加尖厉。她说："我们想找可可·泰勒，我们想找比·比·金。我得跟能听懂我的天才小弟表演的人谈谈。"

安德鲁突然听见自己的心脏怦怦直跳。他们是为了这件事来吗？

"他值得一听，没错。"牛仔说道。他低头对安德鲁笑笑，安德鲁感觉一股异乎寻常的暖意流遍全身。

姐姐扫了一眼亮闪闪的牛仔，说："他有很多东西要学，而且需要最好的老师来教。"

牛仔似笑非笑地看着约兰达。

约兰达说："不是穿上好看的衣服就能演奏好听的布鲁斯音乐。伟大的布鲁斯音乐家不需要穿得花里胡哨。"

花里胡哨，安德鲁用口琴吹道，那声音听起来如同约兰达的话一样带有一丝嘲讽。他正在琢磨姐姐身上散发出的强大气场，那气场就像大卡车的推力一样，而且是能撞碎混凝土的那种大卡车。他吹出撞碎混凝土的卡车的声音，然后混入走廊里的喧闹和短促的呼喊。他把这声音送出去，让它汇入从前台飘回的音乐和其间夹杂的观众们杳不可闻的嗡嗡的欢呼声。他吹出姐姐和亮闪闪的牛仔突然的沉默。

这下倒好，约兰达心想，不用担心安德鲁吹不出来了。他今晚收不住了。

安德鲁停止吹奏，但脸上依然带着认真聆听的神色。

"你对你弟弟的评价没错，小姑娘。"牛仔凑近约兰达，直视着她说，"但是你不必嫉妒我的衣服好看呀。"

约兰达怒目而视。"我得找个正经人听我弟弟表演，"她说道，"除了我之外，总得有人看出他的真本事。"

牛仔音乐家接下来的动作让约兰达惊讶得说不出话来。他露出微笑，抬胳膊搂住她结实的肩膀，给了她一个拥抱。

"你自己也很有天赋，姑娘，"他说道，"虽然脾气有点儿坏，但仍不失为一种天赋。"

约兰达瞪着牛仔，可是什么话都说不出口。

"你好呀，戴维·雷。"有个人在他们身后说道——声音清脆、洪亮又圆润，仿佛深沉的钟声。

约兰达转过身，看见一个像爸爸那样和蔼的人。她盯着对方，在脑子里搜索着信息，然后明白了——那是比·比·金先生，"布鲁斯之王"本人，如假包换。

"这是谁呀？乐队新成员吗？"比·比·金冲安德鲁扬了扬灿烂的笑脸。他戴着眼镜，看上去跟照片上不太一样。

"有这个可能，比，有这个可能，"牛仔音乐家说道，"他需要一个导师。知道有谁想带'神通'的吗？还是神童来着？"

"是神童，戴维·雷，神童。"比·比·金纠正道，"让我听听小家伙的表演，戴维。我听听他怎么样。"

"我想也许可以让他跟观众见见面。"名叫戴维·雷的牛仔说着，向约兰达眨了眨眼。

戴维·雷？戴维·雷·肖恩？约兰达心里一抖。节目单上有他的名字，他肯定是个特别人物。她叹了口气，自己刚刚对他说了些什么啊？好吧，说了就说了。他挺喜欢她的，她看得出来，而且他注意到了安德鲁的表演。现在——他刚说什么来着？让安德鲁跟观众见见面？慢着……慢着！

18

"这是约兰达"

事已至此,谁也挡不住了。虽然这件事由她而起,但现在突然发展得太快,她想缓一缓都不可能了。

带着乐器的音乐家在走廊里来去匆匆。约兰达跟着安德鲁向宽敞的舞台走去,一路上努力让自己显出娇小、天真、走失的样子。强烈的灯光明晃晃的,照得她心里直哆嗦。

她肯定不能让安德鲁独自跟着戴维·雷·肖恩出去。当肖恩说"安德鲁·布鲁,这名字真适合吹口琴"时,弟弟好奇地转头看着约兰达。肖恩把手搭在安德鲁的背上,领着他走向舞台。"对那些小伙子们来说,你来做开场绝对非同以往。他们就需要时不时地敲打敲打。"肖恩说。

安德鲁竟然要给乐队做开场?怎么做?肖恩难道想让弟弟开

口说话？还是吹口琴？他是不是想让这个可爱的黑人小孩站在舞台上，借此博取观众的同情？

仿佛被无形的丝线牵引，约兰达紧跟在肖恩和安德鲁身后。她仍然坚持"走失儿童"的说法，这就是她上台的理由。此时此刻，真正站在台上，她觉得这舞台大得像一座机场。除了由一排排灯光织成的墙壁，她什么都看不到，但从脚灯和头顶的聚光灯以外的黑暗之中，传来恐怖而可怕的咆哮声，那声音仿佛来自一头疯狂翻腾的巨兽。这巨兽不断变换形状，散发出令人战栗的能量。约兰达连反抗都没有，一下子变得无比渺小，迷失其中。

麦克风向那头巨兽传出主持人的声音，巨兽停止了翻腾。

"这里有两个走失的孩子。"主持人说。

戴维·雷·肖恩看了看约兰达。

"两个走失的孩子——但是有失必有得，各位。"主持人朝安德鲁挥挥手，"我听人说，这小朋友是位了不起的口琴大师。两个孩子走失，一位音乐家现世。那个焦虑的妈妈就在各位身边。"人群中一阵低声细语，"别着急，妈妈，您的孩子很安全。"

约兰达叹了口气。用"急疯了"来形容妈妈才更准确。她试图透过光幕看向台下。

"闲话少说，我再向各位隆重介绍一位从大大的得克萨斯州远道而来的年轻优——秀吉他手。各位,掌声有请戴维·雷·肖恩!"

灯光之外的巨兽开始欢呼,口哨声四起。约兰达感觉到那种力量扑面冲来,本能地绷直了身体。心底有个念头冒出来:这个叫肖恩的家伙一定特别大牌。紧接着又冒出另一个念头:在这头由激动和低语构成的巨兽之中,妈妈和泰妮姑妈在哪里?

戴维·雷·肖恩凑近自己的话筒,说道:"别担心,布鲁女士。您的孩子们好好的。各位,接下来你们将听到全新的声音。掌声有请小安德鲁·布鲁!"牛仔音乐家连续拨动吉他,弹出疯狂的和弦。

约兰达只觉得一阵恐惧和无助袭遍全身。安德鲁还是个小孩子。她现在已经无可奈何了。一个六岁的小男孩,手拿马利乐团口琴,站在为大牌明星设置的舞台上,他只能靠自己了。

"安德鲁·布鲁先生,请问你想为我们表演什么呢?"戴维·雷问道。他拉过来一支话筒,把它调到适合安德鲁的高度,接着后退几步,把吉他挂在肩上。

约兰达看着萨克斯管乐手润湿了自己的萨克斯管簧片,她深深地吸入一口芝加哥的空气。

"这是约兰达,"安德鲁说,话筒把他稚嫩的声音传给观众,

"这是约兰达。"

起初,约兰达以为弟弟在介绍她,惊讶地呼出一口气。自己暗自计划的行动太可怕了,她提心吊胆地等了很久,而安德鲁却像在慢动作梦游一样,缓缓地把口琴举到嘴边。

他吹出几个暖场和弦,试试声音。乐声被送入话筒,传进黑压压的人潮之中。他停下来聆听,露出惊讶的表情。

紧接着,安德鲁把口琴从嘴边拿开,塞回屁股口袋。他从衬衫领口处掏出小木笛,把手指和嘴唇抵在笛孔上,像正式开始一样吹出了他的起床曲。但这一次的曲调又跟平常不太一样,里边蕴含了一丝悲伤。温柔、清脆却又悲伤的乐声,从观众头顶飘过,从密歇根湖上飘过,飘到在停泊处摇摆的船只上。当安德鲁拿开笛子去掏口琴时,笛声仍回荡不绝。脚灯之外的巨兽如痴如醉地等待着。

我们全都笼罩在光芒之中,安德鲁心想,就像图画里的天使。他的听觉穿过了光幕。他听见黑暗之中,数千人沉重的呼吸声和动作。架子上的话筒就是魔法咒语。他知道天空就在那儿,昆虫在照向舞台的光道里鼓动翅膀。远处的芝加哥地平线上,雄伟的建筑闪烁着微光。

舞台灯光照在身上暖洋洋的，凉爽的微风吹过，一下凉快，一下暖和，又一下凉快。安德鲁闭上双眼，心思飞到了舞台一侧的姐姐身上。她在警察面前哭了。此时此刻，约兰达身上有种陌生的东西触动了他，让他很不安。然后，他想明白了。约兰达在害怕，他心想。这个念头如此吓人，他一时间感觉自己正在坠落。不！

不。这是约兰达。他告诉他们——光幕背后的所有人——这是约兰达。

他必须吹奏这首早晨起床曲——为了安抚话筒，为了召唤姐姐，为了赶走悲伤。接下来，他要用口琴吹奏，为话筒吹奏，为巨人般的巨大声音而吹奏。

木头和金属握在手中、抵在嘴唇上的感觉，让一切安定下来。几周以来不断思索的各种形状的声音汇聚在一起，他把自己的气息灌输进去。

约兰达走路，节奏稳定有力——迈开大步沉稳地走，带着空气一起波动；约兰达吃巧克力饼，塞得满嘴都是——欢快和缓；约兰达给他读书，愉快地念出让人听不懂的词语；约兰达在跳舞，这是约兰达身体舞动的声音——庞大的身躯，"贪婪地侵占"了空间，强而有力，充满保护欲——像女王一般伟大，一皱眉，一耸肩，就能吓退所有人。

~182~

安德鲁身后传来一阵小军鼓低低的响弦声,鼓手加入了这首《约兰达之歌》。

紧接着,安德鲁吹出一阵甜美、浑厚的声音,这声音如同约兰达的皮肤一样光滑,又如同她的眼睛一般深邃而闪亮。低音小提琴发出轻柔的铿锵声,吉他声也低沉地衬了进来。

安德鲁感觉自己吹出来的声音被抬高,送到黑暗的人潮之中。远处,辽阔的密歇根湖托着一轮圆月。安德鲁吹出了月亮的声音。亮闪闪的牛仔伴着吉他轻声哼唱。萨克斯管和钢琴一同为安德鲁伴奏,把他的乐声越送越高,送入无边无际的黑暗苍穹。

于是,安德鲁把口琴插进腰带,把笛子拿到嘴边。他吹出高昂翻腾的音符,又吹出深远绵延的长音符——这个音符似乎蕴含了千百年的力量。约兰达,大姐姐!全世界的女王。

戴维·雷·肖恩的吉他紧随主题,加入了安德鲁的乐声。约兰达,大姐姐!全世界的女王!

约兰达发觉自己大张着嘴巴。巨兽瓦解身形,变成了一张张人脸。人们正在挥舞双手,又是欢呼,又是鼓掌。几盏闪光灯发出耀眼的光亮。她多希望妈妈早已从震惊中缓过来,用那台感光度一千的相机拍下了这珍贵的画面。

"安德鲁·布鲁！"戴维·雷·肖恩对着话筒再次提醒观众。安德鲁听了一会儿欢呼声，举起口琴对观众挥挥手。然后，他走过舞台，像一条小小的鱼，在明暗不均的脸庞组成的海洋中，坚定无疑地游向身躯庞大如同鲸鱼一般的大姐姐。他把小手放进姐姐的大手中，望向观众。

人群仍在疯狂地鼓掌、欢呼："好啊，真棒，太好了！"

约兰达脑子里晕乎乎的。接下来要做什么？但她发现自己在轻轻向观众点头致意——正像她看到英国女王在游行时做的那样。

主持人对着话筒哈哈大笑："这难道不是全世界最棒的布鲁斯之城吗？让我们再次把掌声送给芝加哥的音乐新星——安德鲁·布鲁先生！"

好傻啊，约兰达心想。观众鼓掌都快把手给拍断了。而且，安德鲁现在可不算是属于芝加哥的，他们住在格兰德河畔呢。不过，在这片喧嚣和不可思议的感觉之间，她敏锐的直觉占了上风。该走了，吊足他们的胃口，她心想。

她抓住安德鲁的手，带着他转身而去。上千人的目光必然盯在他们的背后，但她毫不在意。安德鲁把口琴塞进口袋，把笛子放回衬衫里面。

约兰达调整退场的步调——缓慢,但又不能太慢——走向大舞台黑乎乎的场边,她看到比·比·金先生的眼镜片在那儿闪闪发光。我只需要找准时机,她心想。

当天夜里晚些时候,听完比·比·金先生令人惊叹的终曲,他们穿过仍在欢呼的人群,费力地拖着泰妮姑妈的食篮和枕头,准备离开芝加哥。妈妈在白天已经把大件行李都装进了车里,他们匆忙收拾好散落在泰妮姑妈公寓里的物品,又匆匆地相互拥抱,约定什么时候再来。妈妈要回家为第二天的工作做准备。她平常急匆匆的劲头又回来了。

从离开芝加哥闪亮的灯光算起,在整整三个小时的车程中,约兰达的脑子一直在急速旋转,像飓风一样搅动当晚发生的事情。

妈妈冲上东杰克逊街领回姐弟俩时,脸上满是喜悦和责备。

"拍到照片了吗?"约兰达以攻为守,抢在妈妈长篇大论之前问道,"比·比·金先生想让你打电话给他。"她又抛出一枚重磅炸弹。

"约兰达,你可真让人意外,"妈妈说道,"你胆子大得叫我牙疼。"

《芝加哥太阳时报》的一个记者在出口处拉住他们，要"拍一张神童的特写"并采访他们的妈妈。妈妈别无选择，只能顺其自然。泰妮姑妈则不停地跟别人炫耀，说"那个小不点儿是我侄子"。

汽车引擎轰鸣声和约兰达晕乎乎的脑子里的声音混成一团。比·比·金清脆的声音说："……暂时还没有足够的热情或激情，吹不出布鲁斯音乐的各种层次。但是忧郁的感觉是有的，怎么称呼你？哦，约兰达。是这样，约兰达，他是个罕见的苗子。有想法，而且有灵气，有天赋。姑娘，他真的很有天赋，但同时又有想法！或许可以学爵士，毕竟这么聪明，也可以学古典。他会看乐谱吗？"

安德鲁开口对比·比·金说："我正在学'米老鼠的小脚丫'。"比·比·金哈哈大笑了好一会儿，才跟约兰达解释安德鲁的意思。我早该想到的，约兰达心想。

回家的路上，疲惫的睡意来来去去，约兰达摸了摸（或者梦到自己摸了摸）口袋里写有比·比·金电话号码的名片。

"让你家人打电话给我，约兰达。我想了解这个年轻人的情况……"

令人沮丧的重担终于减轻了，现在她可以让所有人都知道安德鲁是个天才了。她等不及跟雪莉聊聊安德鲁和芝加哥布鲁斯音乐节。

雪莉肩扛绳子大步离去的场景瞬间跃入脑海。

我有一整个夏天呢，约兰达心想。雪莉一定会想听听戴维·雷·肖恩和比·比·金的事，还有安德鲁和登上舞台的光荣。她要给雪莉详细讲解她的宏伟计划。当然，这要等到两人和好之后。

有那么片刻，她权衡了各种能保住面子的做法。紧接着，她又想到，我何必那样呢？既然要和好，一开始就要走对路，即便这样更困难。最好的朋友应该相互信任。

"我想跟你道个歉……"她会这样说。

作者的话

十多年来，芝加哥格兰特公园举办过多次爵士音乐节和布鲁斯音乐节，我丈夫和我都去过。为了写这本书，我将两个音乐节上发生的一些事糅合在了一起，但之所以选择布鲁斯音乐节，是因为从这本书的逻辑来看，六月更适合安德鲁一家人返回芝加哥，虽然我自认为安德鲁的音乐可能更偏向爵士。

此外，我还把历年参加音乐节的经历糅合在了一起。现场控制观众的方法会有所变化，音乐会的时间、音乐家的日程以及市政管理都各不相同，这也使每一次音乐节都自成一体。如果有讹误，大概是因为我多年来收集的信息有出入。不过，从整体上展现格兰特公园大型免费音乐节的壮观景象，这才是我更在乎的。

在早前的一次爵士音乐节上，我看到一个姑娘在两场表演的间隙，领着弟弟登上了舞台，这便是约兰达的原型。她看起来个头儿很大，年龄也不算小，聪明得一点儿都不像会走失的孩子。

她表情严肃，只是被面前的人山人海略微吓到，这个形象一直留在了我的脑海中。

卡萝尔·芬纳

奇想文库

为当下和未来建造一片奇思妙想的自由天地

"奇想文库"以"奇想"命名,承自"奇想国童书"这个品牌名,是奇想国专门为6~12岁中国儿童打造的经典儿童文学书系,其意义源自我们的出版理念:

奇思妙想,是人类最宝贵的精神财富之一;

奇思妙想,帮助我们大力拓展知识疆界,创新求变,为世界带来无限可能性;

奇思妙想,使我们永葆天真好奇的目光,更敏锐地感知世界,体会快乐和幸福。

奇想国童书希望通过自己的出版物,帮助孩子和大人终身拥有奇思妙想的能力。

丰富的、自由的、无边界的、充满创造力的想象,在科学领域之外的文学世界,特别是儿童文学领域,拥有另一个广阔的舞台。优秀的儿童文学作品以出色的遐想和精彩的故事,带领小读者上天入地、通贯古今,自由穿梭于幻想与现实的天地,去探索无限丰饶的人类精神和无限奇妙的世界万物。真正优秀的儿童文学作品,必将滋养出拥有充沛想象力、丰富感受力、善良同情心以及出色表达力的孩子,帮助他们成长为一个快乐的、有趣的、符合未来社会发展需求的人。

"奇想文库"以"想象"与"成长"为主线,以"名家经典"和"大奖作品"为选品标准,在世界范围内为中国孩子甄选优秀的"幻想小说"和"成长小说",让孩子通过持续的、多样化的阅读,为成长解惑答疑,为梦想插上翅膀,健康快乐地成长。

奇想文库系列，更多好书敬请期待……

YOLONDA'S GENIUS
Simplified Chinese translation copyright © 2025 by Beijing Everafter Culture Development Co., Limited.
Original English language edition: Copyright © 1995 by Carol Fenner.
Published by arrangement with Margaret K. McElderry Books, an imprint of Simon & Schuster Children's Publishing Division.
All rights reserved.

No part of this book may be reproduced or transmitted in any form or by any means, electronic or mechanical, including photocopying, recording or by any information storage and retrieval system, without permission in writing from the Publisher.

版权合同登记号：14-2022-0108

图书在版编目（CIP）数据

我的弟弟是天才/(美)卡萝尔·芬纳著；张超斌译.——南昌：二十一世纪出版社集团，2025.2.（奇想文库）.——ISBN 978-7-5568-8714-9

Ⅰ.I712.84

中国国家版本馆CIP数据核字第2024EB8737号

我的弟弟是天才
WODE DIDI SHI TIANCAI
[美]卡萝尔·芬纳 著　张超斌 译

出 版 人	刘凯军	项目策划	奇想国童书
责任编辑	孙睿旼		
特约编辑	聂宗洋	装帧设计	李燕萍

出版发行　二十一世纪出版社集团
　　　　　（江西省南昌市子安路75号 330025）
网　　址　www.21cccc.com
经　　销　全国新华书店
印　　刷　固安兰星球彩色印刷有限公司
版　　次　2025年2月第1版
印　　次　2025年2月第1次印刷
开　　本　880 mm×1300 mm　1/32
印　　张　6.25
字　　数　112千字
书　　号　ISBN 978-7-5568-8714-9
定　　价　35.00元

赣版权登字-04-2024-910　版权所有，侵权必究
（凡购本社图书，如有印装质量问题，由发行公司负责退换。服务热线：010-64049180 转 805）